张定浩 著

爱欲与哀矜

增订本

上海文艺出版社

献给 A

我看见全宇宙的四散的书页，
完全被收集在那光明的深处，
由爱装订成完整的书卷。
　　　　——《天堂篇·第三十三歌》

如得其情，则哀矜而勿喜。
　　　　　　　　——《论语·子张》

再版的话

我前阵子去昆明,参加一个文学活动,晚上被朋友临时拉去云南大学文学院做一个讲座,仓促间没来得及做任何准备,又因为等进校园必须的核酸检测报告结果,还迟到了十几分钟。虽然这些年大大小小的讲座也做过不少,但毫无准备的即兴演讲和迟到,在我都还是少有的经验。我不讨厌别人迟到,但自己很害怕迟到,我也很害怕公开发言,每次遇到类似的场合总会提前准备很久,但其实也形成不了什么讲稿,往往直到最后一刻也只是凌乱的笔记,就像做学生时大考之前还在拼命温书,有一种忽然什么也不记得了的慌张,而最终,总是在自己讲完之后,才忽然明白自己要讲什么。这也很像我自己的写作,虽然事先也会做很多笔记，但每每总是在写完之后，才真正知道自己要写的或者说能够写的是什么。

因此那天晚上我走进翠湖旁美丽的云大校园的时候，就是怀着一种比往常更为忐忑不安的心情。当我在教室里坐下，面对众多年轻发亮的眼睛，在那一刻，我能讲述的，其实也只能是我自己。讲完之后的交流环节，有一位大二女生因为晚上有课，所以迟到了，一直站在教室门外，这时候终于走进来，举手提问。她拿着话筒，却一度哽咽地讲不出话来。后来她说，她是《爱欲与哀矜》的读者，这本书让她知道，原来爱是有意义的，她因为迟到没有听到我前面的话，不知道我有没有提到这本书，想让我再谈谈这本书。

我虽然那晚讲的就是自己的写作，但很奇怪地，我确实没有想到这本书，虽然对我来讲，这是我很珍视的一本书，也具有某种特别的意义。又或许，爱，以及有关爱的言说，在生命中的很多时刻，就是被我们所遗忘的。这本书的再版，当然要感谢很多人，但首先我想感谢的，是和那位女生一样分散在各处的陌生的读者们。谢谢你们。

我在这一版中增补了近年新写的几篇短文，也相应删去了几篇，希望它整体上可以拥有一个更为清晰的面目。我也相信这本书自身所呈现的，会比我能够讲述的，要好很多。

2021 年 11 月

目 录

i 再版的话

1 前记

3 爱欲与哀矜

18 阅读《天堂》

24 大卫·福斯特·华莱士

38 "你必须精通重的和善的"

46 跟着自己的心写作

51 A. S. 拜厄特

58 村上春树

73 爱丽丝·门罗

78　杜鲁门·卡波蒂

86　在零和一之间

93　《斯通纳》,或爱的秩序

129　尽头与开端

137　文学与生命

143　如何观看科塔萨尔

150　重读《雪国》

159　埃兹拉·庞德

167　T. S. 艾略特：作为创造者的批评家

177　火衫

184　诗所能够见证的

191　文明的声音

207　取悦一个影子

225　求爱于无生命者

236　私人文论

271　真正的爱和真正的生活

283　伤心与开心

297　爱与怜悯的小说学

316　对具体的激情

332　无所事事的欢乐

336　爱的知识

341　一份第三人称的读书自述

前记

我是在撰写有关格雷厄姆·格林文章之时遇到"爱欲与哀矜"这个题目的,更准确地说,被赐予了这个题目。随后我便发现,这可能是令我最感兴趣的主题,自己长久以来的写作,有很大一部分都与此有关,都可以统摄在这个主题之下。

最终被检选收录于本书中的二十余篇文章,其时间跨度约有十年,最早一篇写于二〇〇七年,是因《小熊维尼》而起,只有千余字;最晚的一篇《斯通纳,或爱的秩序》则写于一个月前,有一万四千字,是我迄今单篇写得最长的文章。这十年,恰好是我人生从三十岁走向四十岁的十年,仿佛也是身为写作者缓缓开启的十年。重读这些过往的文章，我意外地觉得还有新鲜可读之感，并对艾略特的话产生深深的共鸣，他说，"随着时光流逝，依然能让我感到信心十足的文章，写的都是那些让我心存感激、可以由衷赞美的作家"。

这些作家，对我来讲首先是现代作家。我觉得，单就文学层面而言，今天的读者必须经过那些杰出的现代作家的洗礼和引领，才有可能更切实地领略到古典作家的美好，这是因为，那些杰出的现代作家，无非是一些有力量先我们一步回返古典怀抱的人，也就是说，在爱的层面思索艺术乃至人类真理的人。

我特意没有标明具体每篇文章的写作或发表时间，因为，爱和写作，在其最激动人心的意义上，都是对于时间的克服。

2016年7月于上海

爱欲与哀矜

1

"对小说作者来说,如何开始常常比如何结尾更难把握。"在《刚果日记》的某处注脚中,格雷厄姆·格林说道,他那时正深入黑非洲的中心,试图为一部意念中的小说寻找自己对之尚且还一无所知的人物,"……如果一篇小说开头开错了,也许后来就根本写不下去了。我记得我至少有三部书没有写完,至少其中一部是因为开头开得不好。所以在跳进水里去以前,我总是踌躇再三。"

小说家踌躇于开始,而小说读者则更多踌躇于重读。面对无穷无尽的作品,小说读者有时候会像一个疲于奔命的旅行家，对他们而言，最大的困难在于重返某处，在于何时有机会和勇气第二次踏入同一条河流。我有时怀念那些活在十九世纪和二十世纪初的度假客，他们像候鸟一样，一年一度地来到同一个风景胜地，来到同一座酒店，享受同一位侍者的服务，外面的光阴流转，这里却一如既往，令孩童厌倦，却令成年人感受到一丝微小的幸福。列维—施特劳斯，一位憎恶旅行的人类学家，他在马托格洛索西部的高原上面行走，一连好几个礼拜萦绕在他脑际的，却不是眼前那些一生都不会有机会第二次见到的景物，而是一段肖邦的曲调，钢琴练习曲第三号，一段似乎已被艺术史遗弃的、肖邦最枯燥乏味的次要作品，它已被记忆篡改，却又在此刻的荒野上将他缠绕。他旋即感受到某种创造的冲动。

2

因为现代意义上的艺术创造，很大程度上并非起于旷野，而是起于废墟，起于那些拼命逃避废墟的人在某个时刻不由自主的、回顾式的爱。

格林自然擅长于逃避，他的第二本自传就名为《逃避之路》。他从英伦三岛逃至世界各地，从长篇小说逃至短篇小说，又从小说逃至电影剧本和剧评，他从婚姻和爱中逃避，从教会中逃避，某些时刻，他从生活逃向梦，甚至，打算从生逃向死。他在自传前言中引用奥登，"人类需要逃避，就像他们需要食物和酣睡一样"。但我想，他一定也读过奥登的另外一节诗句：

> 但愿我，虽然跟他们一样
> 由爱若斯和尘土构成，
> 被同样的消极
> 和绝望围困，能呈上
> 一炷肯定的火焰。

（奥登《1939 年 9 月 1 日》）

因为他又说，"写作是一种治疗方式；有时我在想，所有那些不写作、不作曲或者不绘画的人们是如何能够设法逃避癫狂、忧郁和恐慌的，这些情绪都是人生固有的"。于是，所有种种他企图逃离之物，竟然在写作中不断得以回返，成为离心力的那个深沉的中心。这些越是逃离就越是强有力呈现出来的来自中心处的火焰，才是格林真正令人动容之处。

3

爱若斯，古希腊的爱欲之神，丰盈与贫乏所生的孩子，柏拉图《会饮篇》里的主角，却也是众多杰出的现代作家最为心爱的主题。或者说，写作本身，在其最好的意义上，一直就是一种爱欲的行为，是感受丰盈和贫乏的过程。在写作中，一个人感觉自己身体被掏空，同时又感觉正在被什么新事物所充盈；一个人感觉自己不断地被某种外力引领着向上攀升，同时又似乎随时都在感受坠落般的失重；一个人同时感觉到语言的威力与无力。如同爱欲的感受让地狱、炼狱和天堂同时进入但丁的心灵，作为一种共时性的强力图景，而《神曲》的写作，只是日后一点点将它们辨析并呈现的征程。

格林当然也有类似的共时性经验。他指认《布莱顿棒糖》（1938）是关于一个人如何走向地狱的，《权力与荣耀》

（1940）讲述一个人升向天堂，而《问题的核心》（1948）则呈现一个人在炼狱中的道路。这三部小说构成了格林最具盛名的天主教小说的整体图景，它们关乎爱欲的丧失、获得与挣扎。在一个好的作家心里，这些丧失、获得与挣扎总是同时存在的，不管他此刻身处哪一个阶段，至少，他总会设想它们是同时存在的。

更何况，这种爱欲体验在格林那里，是始终和宗教体验结合在一起的。他笔下的诸多主人公，均怀着对天国的强烈不信任以及对永世惩罚同等程度的恐惧在世间行走，换句话说，也就是在炼狱中行走。《问题的核心》中，那位殖民地副专员斯考比受命去接收一队遭遇海难的旅客，一些人已经救过来，另一些人，包括一个小女孩还活着却即将死去。斯考比走在星光下，又想起之前刚刚自杀的一位年轻同事，他想，"在这个充满苦难的世界上想要得到幸福，这是多么荒谬的想法啊"，"指给我看一个幸福的人，我就会指给你看自私、邪恶，或者是懵然无知"。

> 走到招待所外边，他又停住了脚步。如果一个人不知道底细，室内的灯光会给人一种平和、宁静的印

象，正像在这样一个万里无云的夜晚，天上的星辰也给人一种遥远、安全和自由的感觉一样。但是，他不禁自己问自己说：一个人会不会也对这些星球感到悲悯，如果他知道了真相，如果他走到了人们称之为问题的核心的时候？

4

相对于自私和邪恶，格林更憎厌懵然无知。在《一个自行发完病毒的病例》里，那位弃绝一切的奎里面对某种天真的指谓惊叫道："上帝保佑，可千万别叫我们和天真打交道了。老奸巨猾的人起码还知道他自己在干什么。"天真者看似可爱，实则可耻，他们在不知不觉中造成伤害，却既不用受到法律惩罚，也没有所谓良知或地狱审判之煎熬，你甚至都没有借口去恨他们。"天真的人就是天真，你无力苛责天真，天真永远无罪，你只能设法控制它，或者除掉它。天真无知是一种精神失常。"格林只写过一个这样的天真无知者，那就是《文静的美国人》里面的美国人派尔，他被书本蛊惑，怀着美好信念来到越南参与培植所谓"第三势力"，造成大量平民的伤亡却无动于衷，那个颓废自私的英国老记者福勒对此不堪忍受，在目睹又一个无辜婴孩死于派尔提供的炸弹之后，终于下决心设法除掉了他。怀疑的经验暂时消灭了信仰的天真，却也不觉得有什么胜利的喜悦，只觉得惨然。

格林喜欢引用罗伯特·勃朗宁《布娄格拉姆主教》中的诗句，

> 我们不信上帝所换来的
> 只是信仰多元化的怀疑生涯

另外还有一段，格林愿意拿来作为其全部创作的题词：

> 我们的兴趣在事物危险的一端，
> 诚实的盗贼，软心肠的杀人犯，
> 迷信、偏执的无神论者……

在事物危险的一端，也就是习见与概念濒临崩溃的地方，蕴藏着现代小说的核心。

5

从亨利·詹姆斯那里,格林理解到限制视点的重要。这种重要,不仅是小说叙事技术上的,更关乎认知的伦理。当小说书写者将叙事有意识地从某一个人物的视点转向另一个人物视点之际,他也将同时意识到自己此刻只是众多人物中的一员;当小说书写者把自己努力藏在固定机位的摄像机背后观看全景,他一定也会意识到,此刻这个场景里的所有人也都在注意着这台摄像机。在这其中,有一种上帝退位之后的平等和随之而来的多中心并存。现代小说诞生于中世纪神学的废墟,现代小说书写者不能忍受上帝的绝对权威,因为在上帝眼里,世人都是面目相似的、注定只得被摆布和被怜悯的虫豸。但凡哪里有企图篡夺上帝之权柄的小说家,哪里就会生产出一群虫豸般的小说人物,他们,不,是它们,和实际存在的人类生活毫无关系。

因为意识到视点的局限,意识到一个人不可能完全掌握有关另外一个人的全部细节,小说人物才得以摆脱生活表象和时代象征的束缚,从小说中自行生长成形。格林曾引用亨利·詹姆斯的一段话:"一位有足够才智的年轻女子要写一部有关王室卫队的小说的话，只需从卫队某个军营的食堂窗前走过，向里张望一下就行了。"唯有意识到我们共同经验的那一小块生活交集对于小说并无权威，个人生活的全部可能性才得以在小说中自由释放。

指给我看一个自以为知晓他人生活的小说家，我就会指给你看自私、邪恶，或者是懵然无知。

6

"一个人会不会也对这些星球感到悲悯，如果他知道了真相，如果他走到了人们称之为问题的核心的时候？"

换成中国的文字，那就是："上失其道，民散久矣。如得其情，则哀矜而勿喜。"

格林的主人公，几乎都是早早就"知道了真相"、已"得其情"的人，用唐诺的话说，格林的小说是"没有傻瓜的小说"。很多初写小说的人，会装傻，会把真相和实情作为一部小说的终点，作为一个百般遮掩最后才舍得抛出的旨在博取惊叹和掌声的包袱，格林并不屑于此。他像每一个优异的写作者所做的那样，每每从他人视为终点的地方起步，目睹真相实情之后的悲悯和哀矜并不是他企图在曲终时分要达到的奏雅效果，而只是一个又一个要继续活下去的人试图拖拽前行的重担。

"我曾经以为，小说必得在什么地方结束才成，但现在我开始相信，这么多年来，自己的写实主义一直有毛病，因为现在看来，生活中没有什么东西会结束。"他借《恋情的终结》中的男主人公、小说家莫里斯之口说道。这样的认识，遂使得《恋情的终结》成为一部在小说叙事上极为疯狂以至于抵达某种骇人的严峻高度的小说，而不仅仅是一部所谓的讲述偷情的杰作。在女主人公萨拉患肺炎死去之后，萨拉的丈夫亨利旋即给他的情敌莫里斯打电话告知，并邀请他过去喝一杯，两个本应势同水火的男人，被相似的痛苦所覆盖，从而得以彼此慰藉，这自然会让我们想到《包法利夫人》结尾处，包法利医生在艾玛死后遇见罗道耳弗时的场景。但与《包法利夫人》不同的是，《恋情的终结》的故事从此处又向前滑行了六十余页，相当于全书几乎三分之一的篇幅。在这部分篇幅里，我们看到莫里斯和亨利喝酒谈话，商量是火葬还是按照准天主教徒可以施行的土葬，莫里斯参加葬礼，莫里斯遇见萨拉的母亲，莫里斯应邀来到亨利家中居住，莫里斯翻看萨拉的儿时读物，莫里斯和神父交谈……生活一直在可怕和令人颤栗地继续，小说并没有因为主人公的死亡而如释重负地结束。

"我是睁着眼睛走进这一场恋爱的，我知道它终有一天会结束。"莫里斯对我们说。

"你不用这么害怕。爱不会终结，不会因为我们彼此不见面。"萨拉对莫里斯说。

无论是地狱、天堂还是炼狱，格林小说中的人物都是睁着眼睛清醒地迈入其中的，这是他们唯一自感骄傲的地方。

7

关于爱，格林擅长书写的，是某种隐秘的爱。作为一个对神学教义满腹怀疑的天主教徒，格林觉得自己是和乌纳穆诺描写的这样一些人站在一起的，"在这些人身上，因为他们绝望，所以他们否认；于是上帝在他们心中显现，用他们对上帝的否定来确认上帝的存在"。他笔下的男性主人公，都是胸中深藏冰屑的、悲凉彻骨的怀疑论者，他们常常否定爱，不相信上帝，但在某个时刻，因为他们对自我足够的诚实，爱和上帝却都不可阻挡地在他们心中显现。因此，爱之隐秘，在格林这里，就不单单是男女偷情的隐秘（虽然它常常是以这样世俗的面目示人），而更多指向的，是某种深处的自我发现，某种启示的突然降临。当然，这种启示和发现，转瞬即逝，是凿木取火般的瞬间，而长存的仍是黑暗。

隐秘的爱，让人在感受欢乐的同时又感受不幸和痛苦，让人在体会到被剥夺一空的时刻又体会到安宁。在《恋情的终结》的扉页上，格林引用严峻狂热的法国天主教作家莱昂·布洛依（他也是博尔赫斯深爱的作家）的话作为题辞："人的心里有着尚不存在的地方，痛苦会进入这些地方，以使它们能够存在。"

这些因为痛苦而存在的隐秘之地，是属人的深渊，却也是属神的。它诱惑着格林笔下步履仓皇的主人公们纵身其中。老科恩在歌中唱道："万物皆有裂痕，那是光进来的地方。"

8

我还想谈谈充盈在格林长篇小说中的、奇妙的均衡感。

很多的长篇小说,就拿与格林同族且同样讲求叙事和戏剧性的麦克尤恩的作品来说吧,每每前半部缓慢而迷人,后半部分却忽然飞流直下,变得匆促急迫,以至于草草收场。似乎,在一阵开场白式的迂回之后,作家迫不及待地要奔向某个设想好的结尾,你能感觉到他要把底牌翻给你看的急切,像一个心不在焉要赶时间去下一个赌场的赌徒。

格林就几乎不会如此。这一方面,或者源于他每天固定字数的写作习惯。"每星期写作五天,每天平均写大约五百个字……一旦完成了定额,哪怕刚刚写到某个场景的一半,我也会停下笔来……晚上上床,无论多么晚,也要把上午写的东西读一遍。"《恋情的终结》中小说家莫里斯自述的写作习惯,格林在两年后接受《巴黎评论》的访谈时,又几乎原封不动地重说了一遍。这些按照定额从他笔下缓缓流出的文字,遂保有了节奏和气息上的匀称一致。再者,格林的长篇小说无论厚薄,基本都会分成多部,每部再分成多章,进而每章中再分小节,这种层层分割,也有效地保证了小说整体的均衡。

但这些依旧还是皮相,我觉得更为要紧之处可能还在于,如果讲小说都需要有内核的话,在格林的长篇小说中,就从来不是只有一个内核,而是有很多个内核,它们自行碰撞,生长,结合,然后像变形金刚合体那样最终构成一个更大的内核。

他的人物,遂在各自的小宇宙里,从容不迫地交谈着,他们就在他们所在的世界里痛苦或欢乐,对一切专职承载主题或意义的面容苍白的文学人物报之以嗤笑。

9

也许我们最后还应该谈谈幸福。

格林并不反对幸福,他反对的是基于无知的幸福以及对幸福的执著。已婚的斯考比感受到幸福顶点的时刻,仅仅是他准备敲开年轻的孀妇海伦门扉的那一刻,"黑暗中,只身一人,既没有爱,也没有怜悯"。

因为爱旋即意味着失控,而怜悯意味着责任。这两者,都是人类所不堪忍受的。上帝或许便是这种不堪忍受之后的人类发明,祂帮助人类承担了爱和怜悯,也承担了失控和责任,同时也顺带掌控了幸福的权柄,作为交换,祂要求人类给出的,是信。耶稣对多疑的多马说:"你因看见了我才信，那没有看见就信的有福了。"格林像多马一样，并没有弃绝信仰，他只是怀疑和嫉妒这种为了幸福而轻率达成交易的、蒙目的信徒，就像《权力与荣耀》里的威士忌神父怀疑和嫉妒那些在告解后迅速自觉已经清白无罪的教徒，但反过来，他同样也难以遏制地爱他们中的每一个人，并怜悯他们。"比较起来，不恨比不爱要容易得多。"

"爱是深植于人内部的，虽然对有些人来说像盲肠一样没有用。"在《一个自行发完病毒的病例》中，无神论者柯林医生对那位自以为无法再爱的奎里说。

在福音书应许的幸福和此世艰难而主动的爱和怜悯之间，格林选择后者，这也会是大多数旨在书写人类生活的好小说家的选择。幸福不该是悬在终点处的奖赏，它只是道路中偶然乍现的光亮。构成一种健全人性的，不是幸福，而是爱欲与哀矜的持久能力。在敲开海伦的门并愉快地闲聊许久之后，斯考比"离开了这里，心里感到非常、非常幸福，但是他却没有把这个夜晚当作幸福记在心里，正像他没有把在黑暗中只身走在雨地里当作幸福留在记忆中一样"。

阅读《天堂》

在最近出版的《埃科谈文学》一书中，有一篇《阅读〈天堂〉》，谈但丁《神曲》的第三部分。《天堂》旧译多作《天堂篇》，译者在这里去掉一个"篇"字，多少有一点巧思。

"……《天堂》很少被人阅读或者得到正确评价，它的单调呆板让人觉得无趣"。埃科的文章从德·桑克蒂斯《意大利文学史》中的一段评述切入，他认为这的确说出了一个文学史上的事实，进而他陈述自己的看法："《天堂》自然是《神曲》三个部分里最美的。"虽然这看起来，似乎也只是艾略特半个多世纪之前论断的回声。在一九二九年撰写的《但丁》一文中，艾略特强调，"《天堂篇》达到了诗迄今为止所达到的最高峰,将来也不会有人超过这一高度"。

我很喜欢这样的独断,当然倘若仅仅满足于此,就会像那些趋炎附势的读书人一样,他们当面盛赞乔伊斯的《尤利西斯》而背后却从不会将它读完。人们总会被某些自己肉身未曾经历之物,以及心智无法想象之物所震慑,但更好的对待方式,不是盲目的服从,却是睁大双眼跟从作者竭力体验他所体验的一切,并抵达想象的极限,就像但丁跟从维吉尔漫游地狱又自炼狱缓缓上升一样。但倘若要进一步探问更高处,要阅读"天堂",单靠导师是不够的,维吉尔需要让位于贝雅特丽齐,个人的探索需要让位于对爱的服从。弗朗切斯卡和保罗在地狱中永不分离的彼此对等之爱,注定是动人的,但依旧还有更为动人的爱,那就是但丁之于贝雅特丽齐的不对等的爱。博尔赫斯清楚这一点,在关于但丁的随笔中,他说,"对于但丁,贝雅特丽齐的存在是无穷无尽的。对于贝雅特丽齐,但丁却微不足道,甚至什么都不是"。然而,一切的成就,最终都属于那个"爱得更多的人",或者说,整部《天堂篇》乃至更多的杰作,就是诞生于这种不对等的爱所引发的动力场中。

明白爱是至死也存在的情感,这是《地狱篇》极易动人之处，但明白有些爱是凡人无法占有的光辉，这却是《天堂篇》可以慰藉人的地方。弗里切罗在《但丁：皈依的诗学》中告诉我们，"从奥古斯丁开始，中世纪坚持认为，在爱欲与语言之间存在着关联。爱欲想要达到的是凡人无法获得的东西，语言想要达到的是静默的意义。人的欲望中有一种不完满，正是这种不完满迫使灵魂去超越……与此类似，语言与诗歌是一种连续的苦修，它们指向比自己高的东西"。我记得有一年冬天，我在一个新笔记本上抄了不少朱维基的《神曲》译诗，他的翻译句法惯有的笨重，在处理《天堂篇》时似乎反倒成为最大的优势，形成一种庄重、硬朗又清晰的音调，比如：

> 因为我见过玫瑰树，整个冬天
> 满身荆棘，坚硬而不许人触碰，
> 后来却开出朵朵诱人的鲜花。
>
> （《天堂篇·第十三歌》）

> 诸如世界的生命和我自己的生命，
> 那为了使我活而忍受的死亡，

以及每个信仰者像我一样希望的天国，
连同上面说到的那种生动意识，
这一切都把我从歪曲的爱的大海里救出，
放在正直的爱的海岸上。

(《天堂篇·第二十六歌》)

为了感受这两段诗歌的美，我们并不需要重新成为中世纪的神学信徒，也不需要挣扎在众多知识性的注释和介绍文字中，但我们或许应该明白始终存在一些值得敬畏的更高之物，存在某种环绕于神学和爱欲以及哲学和爱欲之间的古老关系；明白在柏拉图、奥古斯丁、但丁乃至当世杰出作者之间可能存在的一脉相承；这些都是属于古典学的范畴。古典学不仅仅是一些固定不变的堪供卖弄的学院独门知识，更是适用于每个有志者的上出之学，是人类心性里对于卓越的渴求，这种渴求令我们不断向上，追逐更好的事物，在这样的过程中我们的眼光也在慢慢变化，

可是由于在我看的时候眼力在增强，
那唯一的颜容，就在我变化的时候，

也在我的眼光里发生着变幻。

(《天堂篇·第三十三歌》)

在《天堂篇》中，随着上升不断变化的，除了各种绚烂闪亮的光源之外，还有朝圣者但丁的眼力。从最初的目眩五色不能直视，到最后的眼力增强看清那唯一的颜容的变幻，这是但丁的成就，也可能是我们每个读者的成就。而初学者所谓的"眼高手低"，按照张文江老师的意思，其实始终只缘于眼力还不够高，还不够高。

回到埃科的文章。作为一位在中世纪传统中浸淫日久且又深谙现代学问的学者和作家，埃科在这篇短文里想纠正的，是两个关于但丁及其诗歌的常见误解，其一，《天堂篇》中对光明和色彩的描绘，仅仅是但丁个人作为艺术家的爱好和创造；其二，《天堂篇》企图达臻的所谓"纯粹知性的诗"是乏味和不可能的，因为那似乎是音乐要完成的任务。埃科指出，"但丁并没有凭空捏造他的光之诗论……一切有关天堂的意象其实都来自某些中世纪的传统，而对于当时的读者而言，这些都属于他们'脑袋里的东西'，包括他们日常的想象及情感"；同时，"正是将但丁的诗放进

'知性的诗'的架构之后,才能使《天堂》现出迷人的一面,因为从彼时到今日,读者已经读过了约翰·邓恩、艾略特、瓦雷里或者博尔赫斯,所以明白了诗歌可以是形而上的热情"。这两点意见,涉及传统与个人才能的整体关系,以及诗与哲学的相通之处,是埃科提请读者注意的古典诗学常识,它们也可以被统摄在《天堂篇》最后一歌的诗句里:

> 我看见全宇宙的四散的书页,
> 完全被收集在那光明的深处,
> 由爱装订成完整的书卷。
>
> (《天堂篇·第三十三歌》)

在那里,世界被看作一本书,于是,《天堂篇》也就是我们所能阅读到的天堂。

大卫·福斯特·华莱士

1. 心智生活

我想写一写大卫·福斯特·华莱士，尽管我对他所知甚少。几个月前，有人在豆瓣给我写信，问我对David Foster Wallace的看法，这是我第一次听说这个名字。于是找来一些关于他的资料看，被深深吸引，觉得理想中的好小说家大概就应该是类似他这样子，是这样一个完整的写作者，他们不仅懂得编故事，也懂得那些已经存在的广袤精神世界。从那以后我开始寻找他的作品，当然主要是中译本。我的所得甚少，只有一本读起来比较费力的短篇小说集《遗忘》，大概和翻译有一些关系，他的小说出了名的

"不可译"；还有一本谈论"无穷"概念和历史的数学科普书，《跳跃的无穷》，读起来也同样艰难，但这应该主要是我自身的问题。

"无穷"（infinity），令华莱士着迷的主题，他最有名的长篇小说就以此为题，*Infinite Jest*，中译通常作"无尽的玩笑"。在华莱士这里，"无穷"是既绝对抽象又无比具体的，它首先意味着"∞"，一个具有奇特形状却确切实用的数学符号。我们每个人，都很容易对"无穷"有所感受，但如果继续追问，我们到底"知道"的是什么，该怎样清晰明了地用一支笔一张纸去表达"无穷"，也许大多数人的头皮都会一紧。在《跳跃的无穷》一书里，华莱士带领过读者就这个概念做过一次数学史上的低空急速爬升，从芝诺悖论、毕达哥拉斯学派到微积分再到康托尔的现代集合理论，经历过的人都会感受到心智猛烈超重的强力。大体而言，一代代数学家渴望用可以表达的、最优美严密又无比脆弱易毁的抽象思辨形式，来抵达和表达"无穷"这个不可表达之物。这种努力，堪和最伟大的作家相媲美，只不过后者使用的不是数学符号和公式，而是另一种人类符号——文字。在伟大的数学家和伟大作家之间长久存在的这种秘密血缘，是华莱士了然于心的事情，而他们企图表达的不可表达之物，并不是高高在上或超凡绝圣的，而是就在我们每个普通人中间，就像无理数就一直存在于有理数之间而不是之外，就像很多的死一直存在于很多的生之间而不是之后。

"1"和"∞"是一种抽象符号，"红色""爱"乃至"存在"同样也是，就其利用符号对人类实感经验作抽象思考这一点而言，文学写作、哲学思辨乃至数学思维，它们首先都是一种需要时常加以训练的心智生活。这是很多操持文字者容易忽略的简单道理。很多时候，我们之所以动辄就为某件事物纠结、争吵，或顾影自怜或歇斯底里，只是某种怯于深思的表现罢了。

最近看丘成桐在国内的一篇演讲，他说，语言和数学，是美国诸多大学招生时最看重的两门学科，不管文科理科，如果这两门学科成绩不好，他们基本不会录取你。我想这是对的，就像古中国的士大夫必备的六艺，让自身先得以健全，这个社会才有可能健全。我们这几十年的理工学科充斥了大量缺乏语言教养的人才，而人文学科，则充斥了大量没有逻辑推理和抽象思维能力的人才，其结果，是一种浅陋的技术主义和浮躁的感伤主义当道，是每个成年人都在抱怨时代和国族的浮躁浅陋，却不明白正是他们自身的叠加求和才构成了这种浮躁浅陋。

具有吸引力和艺术真实性的，是既然当今时代是怪异的物质主义时代这点已经不言自明，那我们这些人类为何依然有能力接受快乐、善意、真正的情感联系，接受没有价格的东西？可以让这种接受的能力变得更为壮大吗？如果可以，要怎么做，如果不行，原因何在？

（引自华莱士的访谈，转引自扎迪·史密斯《改变思想》）

扎迪·史密斯在华莱士自杀后的第二年，写过一篇纪念长文，《〈与丑陋人物的短暂会谈〉：大卫·福斯特·华莱士那难以消受的礼物》（收在她的随笔集《改变思想》里，有中译），我觉得比乔纳森·弗兰岑发在《纽约客》上的那篇纪念长文好，虽然后者似乎是更成熟的小说家，也是华莱士的亲密好友，但扎迪·史密斯显然是更好的读者。弗兰岑纠结于好友的死，一直力图为之找出足够的理由；而扎迪·史密斯则尝试复活那个热切写作的生者,她重读那个当世她最喜爱作家的小说,并把一份从中获得的"深沉的快乐"转赠给更多的人。她谈到华莱士"那三位一体的非凡本领——百科全书般的知识、高超的数学技能、进行复杂的辩证思考的能力";谈到华莱士在二十多岁的时候放弃研究数学和哲学,转而从事虚构写作,一项"以道德砥砺激情、以激情砥砺道德"的志业;她转引华莱士的话,"艺术的核心目的,与爱有关,与遵守这样的一项准则有关:道出你能施与爱的那一部分,而不是你只想被人爱的那一部分"。

对华莱士而言,爱,似乎首先意味着一种对自我的疏离,意味着换位思考,将视线和认知转向他人,"让一个进程——另一个人的思维进程——在你头脑里运行起来",进而让更多他者的异质思维进程在你头脑里同时运转起来。在这个意义上,爱,不再只是从自我投射出去的对于美好事物的瞬间激情,也不仅仅是柏拉图意义里的纯粹向上的冰冷爱欲,更是一种复杂的心智生活。这是艺术家特有的爱。"爱自己的邻人。"福音书的训导基本上就是现代艺术的训导。在这样的爱中,自我其实也没有作为一个献身者消失，它只是被纳入在一个更宏大的整体关系之中，被安放在一个更准确也更繁杂的算式中，成为接近"无穷"的一个参数。华莱士称赞后期维特根斯坦对早期维特根斯坦的反拨，"这是有史以来最广博、最美妙的反唯我论论证。维特根斯坦提出，语言要成其为可能，它就必须是人际关系的一项功能"。小说家，正是要学会万人的方言，并天使的话语，还要用爱将之统摄，之后，我们才会像认识一个悖论一样认识到他个人的声音，并听见一个独特的"我"在说话。

乔纳森·弗兰岑曾经讲述过自己的写作信条，其中一条是："用第三人称写，除非有个真正独特的第一人称声音无法抗拒地出现。"我揣测，他当时想到的那个真正独特的、无法抗拒的第一人称范本，一定就是华莱士的小说。

在小说世界中拥有如此强健心智的大卫·福斯特·华莱士，依旧在生活世界中不安和沉沦，无法摆脱苯乙肼，依旧在盛年之际选择用一根绳索结束生命。但我不想就此作任何探讨，我只知道，在某个可能存在的平行宇宙中，阿基里斯一直没有追上龟，离弦的箭一直在空中飞行，而华莱士小说中的人物一直在心怀恐惧又极度热诚地生活着。(2015.5)

2. 所谓好玩的事

大卫·福斯特·华莱士属于少数杰出的后现代作家之一，他们的作品乍一看就光彩夺目，走进去之后却是一个个晦暗的黑洞。后现代这个词在当下有各种各样的意义，但对我来说，它仅仅意味着有能力吸纳一切，有关过去、现在和未来的，包括我们的无知。

《所谓好玩的事，我再也不做了》是华莱士最近被译介过来的一部非虚构作品，收录他上世纪九十年代给时尚杂志写的三篇长特稿、一篇自述，还有三篇分别关于电视、电影和文学评论的评论。就长特稿这种文体而言，华莱士的写作无异于一种颠覆，他写欢娱、节庆和赛会，而非苦难、底层和事件；他写遇到的每一个人，而非特定群体；他几乎是以一种极端平等主义的、深具耐心到野蛮的态度来对待各种细节，而非将材料精心取舍、整合、打磨、编排成各种富有诱惑力的戏剧性场景。诱惑，这个由波德里亚拈出的抽象概念，在新媒体时代化身为类似"10万+"这样的数字，化身为被影视机构一掷千金疯狂觊觎的"故事"，它诱惑着每个写作者写出人们想要看到的事物，而非全部事物，进而，它诱惑写作者成为人们想要看到的写作者，而非他们自身。

华莱士早早地就愤而反对这些。他为写网球运动员迈克尔·乔伊斯的文章所拟的那个超长标题："网球运动员迈克尔·乔伊斯的职业艺术性堪称有关选择、自由、局限、愉悦、怪诞，以及人类完整性的典范"，也堪称他自己的艺术写照。他要写出完整的人，因为恰好这个写作对象是网球运动员，为此他就先要呈现一个完整的男子职业网球的竞技世界，从复杂多变的赛制进程到喧嚷赛场的每个角落，因为这个人就是在这样具体的世界中行动、生长，写作者和读者唯有先体验这个世界的方方面面，才能体验到这个人的独特。

而这种体验，又不同于对体验的阐释。在本书同名文章（关于一次豪华游轮之旅的体验文章）中，华莱士批评美国作家弗兰克·康瑞之前为该游轮公司所撰写的宣传文章，他说，"其中不好的地方并不在于他通篇都在书写幻想、别样的现实、纵容带来的治愈力，由此带来一种催眠效果；也不在于他通篇所有的形容幸福感的华丽辞藻，或者贯穿始终的那种令人窒息的赞同口吻"（要注意这种否认其实是华莱士的一种修辞，它并不表示这些写法是好的，而是暗示，这些写法的不好已经昭然若揭到不值一提），他说，"这篇文章的不足之处恰恰在于，它不仅抒发了个人对'七夜加勒比游'豪华游轮的感受，还将自身对这种感受的阐释清晰地表达了出来"，也就是说，在弗兰克·康瑞文章的优美背后，有一种令同为写作者的华莱士非常不适的诱导性：它诱导读者按照某种被设计好的感受方式去体验事物，于是，读者的愉悦不再来自对事物本身的自主感受，而来自于是否符合写作者暗设的体验规训（道德的或审美的），倘若不符合，读者会不由自主地感到不安，觉得自己像个脱离正常情感的怪物。

很多写作者所做的工作，是替代你思考，但华莱士要做的，是邀请你进入一个"实在界的大荒漠"，再把你留在那，让你独自思考。而这，其实也是众多杰出的后现代小说家一直努力的方向。科塔萨尔的短篇小说全集最近正在国内陆续重版，但我最喜欢的，却是他那本已经绝版多年的长篇小说《跳房子》，其中，小说家借一个叫作莫莱里的人物之口，讲述他对于叙事文学的认识：

一般的小说似乎总是把读者限制在自己的范围内，而且越是一个好的小说家，这个范围也就越明确，因而寻求也就失败了。必须在戏剧、心理、悲剧、讽刺和政治方面的各个程度上停下来，要努力使得文本不要去抓住读者，而是在常规叙述的背景下向读者悄悄地指出一些更为隐蔽的发展方向，以便使读者不得不变成一个合作者……不要欺骗读者，在任何激情或意图问题上都不要骑在读者身上，而是给读者某种类似意味深长的泥土毛坯之类的东西，上面要带有集体、人类，而不是个人的痕迹。

这种由作者努力交付给读者的面对未完成品（残骸、废墟或毛坯）时的心智自由，可能是那些旨在或吸收信息或消磨闲暇的读者所不堪承受的，但对有志向的读者而言，这才是好玩的事。这种好玩之处在于，作者没有像后现代理论家宣称的那样"死去"，读者也没有重蹈前现代时期的那种唯命是从，相反，他们彼此找寻，携手并进。针对希克斯有关"作者之死"的理论综述，华莱士说，"对于我们这些平民百姓而言，我们发自内心地认为写作就是为了人和人之间的相互交流。"(《天花乱坠》)但要知道这种交流并非交流信息,这种交流就是交流人本身。"要把文学看作人与人之间活的桥梁,不要把叙事文学当作传达信息的借口,信息并不存在,只存在传达信息的人,这才是信息,就像只有爱的人,才有爱情一样。"(科塔萨尔《跳房子》)

而为了在写作中抵达另外一个完全陌生又遥远的他者,一个写作者,需要先抵达他自己的极限。华莱士的写作令人动容之处,也在于此。写作者在这里尝试的角色,既非现代诱惑者,也非古典的教育者,毋宁说,他更接近于布朗肖意义上的"无尽的言说者"。阅读《所谓好玩的事,我再也不做了》中诸多文章的特殊体验,是每每在你觉得仿佛就要收束的时候,作者又宕开一笔,撕开一个新空间。这已经不再是那种立志为物质和精神宇宙提供明确完整形态的百科全书式叙事了(诸如我们在拉伯雷、乔伊斯、翁贝托·埃科和品钦那里所看到的),与百科全书式作者们相对而言的明朗世界观不同,华莱士倾向于接受的,是如康托尔、哥德尔等现代数学家所意识到的、一个在虚空中旋转的、支离破碎又无边无际的世界,他能够做的,是给我们既有的认知系统不断塞入他所能够捕捉到的、尽可能多的变量，而他自身也作为其中一个变量，同时，他还把读者作为变量纳入其中。对此，扎迪·史密斯，另一位优秀的小说家，也是华莱士的崇拜者，曾在一篇纪念长文里总结道："让华莱士这些作品运作起来的，是我们。华莱士将我们纳入递归的进程内部，所以，阅读他的作品才会经常让人感到情感和智力上的精疲力竭。"

《众目窥一：电视和美国小说》是一个好例子。通常，当我们批评某种社会文化现象时，最容易犯的错误，就是将自己排除在外，仿佛整个社会或文化环境是一个独立于自身之外的客体，是挂在美术馆墙上供游客评头论足的画。而对于数学专业出身的华莱士，他在探讨任何一个问题时，都绝对不会漏掉"自我"这么一个重要参数（注意是作为参数，而非以自我为标准）。"电视存在的全部理由，它反映了我们想要看到的事物"，这种对于惯常主体性思维的轻微扭转，像极了切斯特顿对于地摊文学的看法，"读坏文学比读好文学有价值。好文学可以让我们了解一个人的思想，坏文学则可以让我们了解许多人的思想。一部好小说让我们如实地了解它的主角，一部坏小说则让我们如实地了解

它的作者。"(切斯特顿《异教徒》)

当在分析和抨击电视文化对美国人心灵乃至美国小说家的写作造成的种种影响同时，华莱士要强调的是，电视不是一种外在环境或异质的入侵者，它就是构成新一代人文化心灵的最重要元素之一，而诸多对于电视的批评讽刺，其实正来自于电视的教育，并被电视所吸收利用。他谈论六十年代元小说的兴起和电视的关系，即观看者对观看之观看的意识，"电视不仅逐渐确立了我们的观看方式，而且设法形成我们对所观看到的事物最真切的反应"（这种被诱导的幻觉才是他痛恨的）；他谈论电视文化强大到不仅控制大众也控制了那些企图反对它的小说家，"后现代对流行文化的反叛变成了流行文化的一部分"，"电视吸纳了来自文学的反对，并将之商业化"。因此，他预言，"下一轮真正的文学'反叛'，将以一连串古怪的抵制反叛的面貌出现"。

虽然华莱士谈论的是上世纪九十年代的美国电视文化，仿佛和我们今天的文化生态相距甚远，但假如我们把文中的"电视"置换成"新媒体"或"网络影视"，会发现，整个的文化运转机制并没有多少变化，但阅读完华莱士的好处就在于,我们或许不会再满足于一些无济于事的、仅仅增长虚荣心和降低内疚感的简单批判,并尝试摆脱商业文化为我们量身定做的一个个自我的囚笼。(2017.5)

"你必须精通重的和善的"

在新世纪刚刚开始的时候,哈罗德·布鲁姆曾经谈到过托马斯·曼,"很不幸地,曼在过去的三分之一世纪里有点黯然失色了,原因在于他绝不是什么反文化的小说家。《魔山》不可以夹在《在路上》和某部大块头网络朋克小说之间来阅读。它代表着现已有点岌岌可危的高级文化,因为这本书要求读者有相当水平的教育和反省能力"。相较于《魔山》,姗姗来迟的《浮士德博士》中译本,对读者的要求似乎就更为过分。

与传统浮士德题材的文学作品不同,见证过两次世界大战的托马斯·曼坚持把浮士德与音乐联系在一起,因为音乐是具有魔性的领域,并且象征着一种最纯粹和最为本质的人类精神生活。然而，与罗曼·罗兰笔下那个热力四射的行动者约翰·克里斯朵夫不同，《浮士德博士》的主角阿德里安·莱维屈恩是一个冷漠的书斋作曲家，他与魔鬼结盟，放弃对生活的爱，以此换来二十四年的艺术灵感和创造力，对莱维屈恩来讲，所谓生活，就是精神生活，就是日复一日的创作音乐。在《约翰·克里斯朵夫》中，艺术家的悲剧是围绕艺术家与生活、艺术与现实之间的冲突来写的，而到了《浮士德博士》，如卢卡契所指出的，艺术作品本身，在这里就是音乐本身，它自身在生成发展中所遭遇的难以解决的矛盾，作为笼罩在希特勒阴影下的德意志民族精神的隐喻，第一次成为一本悲剧小说的主要内容。

《浮士德博士》中充满了对二十世纪初期古典音乐秩序重大变革的深度描述，诸如划时代的十二音思想如何引发作曲的革命；浪漫主义以降的重视旋律与和声的主调音乐如何被新一代人厌弃；从贝多芬晚期音乐高度个人化的不谐和倾向中，以及从老巴赫以对位为基础的复调音乐土壤中，如何共同滋生出现代主义的音乐，这些文字背后自然有阿多诺、勋伯格等现代音乐哲人的影子，但托马斯·曼的独创在于，他以某种哀歌般的笔调，的的确确还原出一个激动人心的旧世界,在这个旧世界中,音乐,并非只是某种外在于生活的调料或背景,而就是每个人都有能力理解的生活本身。这个旧世界,如今已不复存在。

萨义德曾极力批评过当今音乐教育的专门化和技术化,如今的音乐已从其他生活领域中孤立出来,不再被视为知性发展的必要层面,音乐的世界正在成为由一小撮知识单薄的专家构成的小社会。而在古典音乐基础本就脆弱的中国,这样的状况自然更为严重,坊间流行的音乐评论往往只是音乐家逸闻和唱片版本知识的堆集,再加上一点点个人的感官经验。因此,甫一遇到《浮士德博士》这样真刀真枪的音乐叙述,我相信很多读者都会消化不良。而这种消化不良的感觉,在我想来,一方面是由于音乐知性的缺乏,另一方面,也和这个时代的小说风尚有关。

"人类一思考,上帝就发笑",米兰·昆德拉的隽语几乎成为当代小说中弥漫的反智倾向的护身符。在我们这里,小说似乎率先一步进入了民主时代,平凡的、代入感强烈的小人物成为最常见也最流行的小说形象,小说主人公的内心精神生活越来越明显地被降到很低的水平,较之努力去感受和描写卓越的精神生活,今天的小说家们更乐意解剖普通人的七情六欲。于是，小说这种文体从十九世纪和二十世纪的精神高空跌回原形，不再承担任何教育的功能，重新成为一种有益身心的娱乐。这种转变的后果之一，就是小说读者的大量流失，那些依旧期待和追求卓越的年轻人，宁可埋首佶屈聱牙的学术译著，也不愿花费同等的精力去读大部头的当代小说，因为从小说中他们所得甚少。或许，托马斯·曼的《浮士德博士》，这部被卢卡契盛赞为逆文学潮流而动的书写精神的杰作，在引发前所未有的阅读困难的同时，也能唤回一小部分读者对小说乃至文学已经失去的热情。

《浮士德博士》有一个副标题，"一个朋友讲述的德国作曲家阿德里安·莱维屈恩的生平"，某种程度上，本书的叙述方式，也如这个副标题一般笨重不堪。托马斯·曼专门安排了一个并不怎么有趣的讲述者，古典语文学教授塞雷奴斯·蔡特布罗姆，他是作曲家的一生挚友，小说中所有的一切，场景、情节、人物对话及其各自的内心活动、都并非通过描写展示在我们面前，而都是借助他回忆录式的概述来完成的。《浮士德博士》是一部纯粹用概述方式写成的小说，读这样的小说会有点像听人事无巨细地复述一部电影而不是直接观看电影，通常是难以忍受的。在小说中，作曲家阿德里安不信赖眼睛感知的世界，他把人分为眼睛人和耳朵人，并把自己坚定地归入第二类，而对于《浮士德博士》，托马斯·曼似乎也期待读者去聆听而非观看，他对这部小说的难以卒读有清醒的认识，甚至是故意为之的。

"够了吗？这不是小说，在为小说谋篇布局时，作者会直接通过场景的描述来向读者展示他的人物的内心。作为生平传记的叙述者，直言不讳地指出这些东西，查明对我要描绘的生活情节发生过影响的灵魂的事实，完全是我应该做的份内之事。"在发表了一大段关于某位女士和追求者之间情感纠葛的冗长概述之后，叙述者蔡特布罗姆作了如上的解释，这个解释，也可以视作托马斯·曼本人的。他关注的是灵魂的事实，或者说，借用沃林格针对现代艺术提出的抽象与移情的两分法，如果说绝大多数现代小说家都是有意识地借助移情冲动来进行创作，那么，引发曼创作《浮士德博士》的却是一种抽象冲动，是一种如同原始人面对变幻不定的外在世界时所萌发的那种巨大的安定需要。希特勒阴影下的德意志精神是野蛮的，而这种野蛮又是德意志思想内在发展的产物,恰如作曲家莱维屈恩所言,"为了能够重新担当起文化的重任,我们不得不变得越来越野蛮",然而,这种野蛮并没有带来预想中的民族复兴,相反,至少在一九四五年前后的托马斯·曼看来,这种野蛮正令德意志民族陷入崩溃的边缘,未来毫无希望可言,他犹如茫茫荒野中失落的原始人,期待通过创作《浮士德博士》一书,重新去把握外物的变化无常和不确定性,并赋予外物一种必然性价值和规律性价值。

抽象冲动的艺术意志,导致原始的造型艺术往往趋向于平面表现,并竭力抑制对空间的表现,因为对三维空间的感知更依赖于主观,也更易导致不确定性。同样,在曼这里,类似的抽象冲动导致其完全采用朴实无华的概述,并尽量放弃任何能够引发读者自由联想的描写技巧,因为越是客观逼真的描写,越会给予读者最大程度的反应自由,也将导致不同读者在小说理解上的不确定性,而这是托马斯·曼不愿意看到的。因为他视这部小说为"一生的忏悔",谁愿意让自己的忏悔被人随意和自由地理解呢?

在小说中,讲述过一场作曲家和朋友们的聚会,聚会上朋友们竞相播放和演奏种种迷人好听的舞会音乐,柏辽兹的《幻想交响曲》,小约翰·施特劳斯的圆舞曲,等等,热闹之余,有一位女士提出自己的担心,她说这些玩意如此轻浮,会不会令我们的大作曲家感到无聊呢。大家一下子都为此忧心忡忡起来。然而,作曲家本人却不以为然,他说这些东西自有其卓越之处,为了表明自己并非客套,他进一步向那位夫人解释道:

"您低估了我的音乐教育。我在柔弱的青少年时期有过一个老师,是个狂人,他的脑子里塞满了全世界的音乐作品,不管是什么样的喧闹,哪怕是有组织的喧闹,他都爱得不得了,以至于你休想从他那里学到哪怕是一丁点儿的自负,哪怕是一丁点儿的在音乐方面的自以为是。他是一个非常懂得什么是高尚和严谨的人。不过,对他而言,音乐是存在着的——音乐,如果它就只成其为音乐的话,对于歌德的那句'艺术研究的是重的和善的',他是不敢苟同的,他认为,轻的,如果它是善的话,也是重的,而它完全可以和重的一样是善的。他所说的这样一些话被我记住了,但我是这样来理解他的意思的,即你必须精通重的和善的,以便也能这样地去和轻的作较量。"

"你必须精通重的和善的,以便也能这样地去和轻的作较量。"我愿意把这句话送给所有在这本似乎有点过时了的巨著面前徘徊的朋友，也许，这会给他们的阅读增添某种勇气。

跟着自己的心写作

J. D. 塞林格逝世之后,像对待任何一位杰出的已故作家一样,我们一直以两种方式在缅怀他,一种是重新咀嚼他乏善可陈的轶事,而塞林格拒绝轶事的隐居生活旋即成为最大的轶事;另一种是重新解读他为数不多的小说,貌似同情地理解霍尔顿和格拉斯家族的精神境遇,貌似公正地评价其社会意义。而这两者,很不幸,恰恰是塞林格本人深恶痛绝的。

站在一位杰出作家的个人生活和文字作品面前,为了不惊慌失措,每个评论家都有各自一整套固定的逻辑,和确定性的判断。而逻辑和确定性的知识框架,却是塞林格一生都力图在扔弃的东西。在《特迪》,这篇《九故事》中写作时间最晚也是压轴的小说中（此时是一九五三年，《麦田守望者》升起的巨大蘑菇云已经照耀美国两年），那个十岁的小男孩特迪教导一位二十多岁的年轻人，"逻辑正是你首先要丢掉的东西……你知道《圣经》里说的亚当偷吃伊甸园里的苹果吗？你知道那只苹果里有啥东西吗？里面有逻辑和知识。那就是《圣经》里所有的东西——你所要做的，就是：如果你想看清楚事物的本质，你就得把这些东西全部呕出来。"

对逻辑和知识的弃绝并不令塞林格简单地走向宗教，作为一位艺术家，塞林格只是相信并尊重，生命之树的复杂、暧昧、模糊和不可化约，以及人与人之间在生命最深处的不可交流，而这正是不可以被任何逻辑、知识乃至道德的取景框所捕获的、最真实的存在。面对最真实的人的存在，言辞是无力的，理念是苍白的，生命几乎是个无法表述的秘密，然而现代艺术家的任务，恰恰就在于讲述这个无法讲述的秘密。这几乎是一个悲剧英雄般的任务，而艺术家所能凭恃的，唯有诚实。"有一天，乔伊斯，"五十三岁的塞林格如是教导他那位十八岁的情人，"你会只写那些实实在在的、真实的东西。诚实的作品总是使人们的精神紧张。于是他们想方设法把你的生活搞糟。从现在起的很久以后，会有一天你不再在乎去取悦谁，也不再在乎别人对你说什么。到那时你才能最终创作出你真正擅长的作品。"

"修辞立其诚"，和"认识你自己"，这两句中西思想最深处的古老铭言，可以说回荡在塞林格全部的作品中，尤其是到了《西摩：小传》，这部几乎是塞林格最后的作品，在我看来，正可以视作理解塞林格全部文学思想的一个入口。通过让格拉斯家族的老二巴蒂为早逝的长兄和偶像西摩作一番精神素描的方式，通过叙述者极度自由、凌乱却忠实内心节奏的讲述，塞林格已经突破了所谓小说文体的局限，"跟着自己的心写作，写什么都行，一个故事，一首诗，一棵树"，这是西摩对巴蒂的教导，也是塞林格的自我证悟。

与此同时，又必须把塞林格的这种证悟和简单的意识流写作或者罗伯-格里耶辈的自动写作相区别，后者归根结底只是一种写作技巧，从根本上已经背离了艺术家的诚实，而塞林格所谓的"跟着自己的心写作"，是在写作技巧层次之上的，它源自一个有志向的小说家在死之前会面临的、类似宗教式的终极问题：你写时确实全神贯注了吗？你是写到呕心沥血了吗？以及，你写下的，是你作为一个读者最想读的东西吗？

对这些问题的苦苦追问和探索，使得塞林格的诸多短篇小说显得如此精致。用精致来形容塞林格似乎有些怪异，因为表面看上去，那些构成塞林格小说主体的对话，都是凌乱、片断、言不及义和暧昧模糊的，然而，这些对话却是绝对真实的，是一个个真实的人会说出的言辞，是从真实而丰富的存在中剥落的一地真实的碎片，而我们置身于小说内外的每个人，都只能通过这些碎片，去窥测另一个人，以及世界。有如林间错综小径，并不通向某个确定终点，而如果我们能俯视整个丛林，就会发现这所有看似芜杂的林间小径又呈现出某种精心建构的秩序。譬如《抬高房梁，木匠们》，那被塞进同一个车厢里的四五个陌生人之间所展开的穿插对话，宛若一部公路电影，追求的是此时此刻一个小空间内氛围和气息的准确还原，在这个意义上，塞林格直接秉承了海明威和菲茨杰拉德以来的美国现代短篇小说传统。

有一种意见，认为隐居生活和种种宗教修炼，让晚年的塞林格逐渐脱离现实生活,以致写作日渐枯涩。持这种意见的人,大概都没有真正写过小说。对一个小说家而言,正如詹姆斯·乔伊斯和朱天文都看到的那样,最重要的生活在二十五岁之前就已完成,剩下的岁月,只是在观察,以及不停地咀嚼过往。塞林格的低产,我想应当视作其诚实面对内心和认识自我的结果,他已经写下他最想说的全部话语,他已经写下了他在一个精神苦闷时代里感受到的全部善与真,他不必再为了取悦任何人而滥用文字。

"跟着自己的心写作",这番塞林格的自我证悟,在一个文字过剩的时代,同样不断地提醒着我们每个把写作当作志业而不是职业的人。在我看来,这才是塞林格留给我们最重要的遗产。

A. S. 拜厄特

二〇一二年的时候，A. S. 拜厄特来过一次上海，和王安忆在外滩圆明园路的一座老式洋房里有过一次公开的对谈。除去各自的名声之外，这两位著作等身的女作家在小说美学观上的确也有诸多共鸣，可惜的是，她们那一次难得的相遇，最终却只被一个相当无趣的关于女性写作的话题所裹挟。

她们都反对所谓的"艺术创造"，也对"灵感说"都不屑一顾，她们都认为艺术作品是被一点一滴制造或构造出来的，像《孩子们的书》里被着力描写的陶罐制作，或者像《天香》里三代女人心血浸染的绣画工艺。她们对于细节都深度迷恋，为达到精确不惜繁复，同时在语言上也都极力锻造，不只是作为自我表达，而是相信语言的确可以表明事物，或者说语言本身就是事物一种。《占有》和《孩子们的书》里对维多利亚时期文化的精确再现，首先表征为对维多利亚时期语言和文法的重构，而《天香》的叙述语言，明显也体现为对明清白话声色气息的致敬与改造。

她们都想写出一个世界，但也正是在这一点上可以看见她们的不同。对王安忆来讲，她最终是要写出一个作家的"心灵世界"，写出她所认为的"生活应该是怎么样的"；而拜厄特更倾向于写出一个"读者似乎可以栖居其中的物质的世界"。

《孩子们的书》落墨于被雷蒙·威廉斯称为"中间时期"的历史阶段，从十九世纪八十年代至二十世纪一〇年代。所谓"维多利亚时代的"道德气质行将终结，英国出现了一些新人，他们出生于田园诗般的千禧年氛围中，浸淫于罗斯金、威廉·莫里斯的遗风余韵之中，被鼓励追求某种由艺术和劳作共同铸就的、更为完整与自由的人性，并在短促却安宁的爱德华时代进入青春期，还没来得及探索成长，一切理想与热情就迅速夭折于一战的腥风血雨之中。这是在艺术、理性、自由与费边主义的滋养下长大，具有无限可能性，却转瞬间被战火无情毁灭的一代人，或者更确切地说，一代的孩子们。与此相关，在这段世纪之交的文化思想中，拜厄特还敏锐地觉察到一种对于"儿童"的普遍崇拜，这是被《爱丽丝漫游奇境记》和安德鲁·朗格《蓝色童话书》熏染过的时代，也是诞生吉卜林《丛林之书》、詹姆斯·巴里《彼得·潘》和肯尼斯·格雷厄姆《柳林风声》的时代，是一个夏令营和童子军盛行的时代，人们怀揣对童年的强烈兴趣和怀恋，"每个人都在读本来是写给孩子们看的故事——魔幻故事，探险故事，仍然跟古老大地有联系的半人的故事，会说话的动物、人马、潘神、恶作剧的小妖精的故事"，"这个时代最伟大的作品是儿童文学，这些作品成年人也在阅读"。

因此，《孩子们的书》这个书名至少具有两重深意，这是一本讲述那些因为战争永远停止在生命年轻阶段的"英国孩子们"的书；这本书讲述的是一个被"孩子们的书"所滋养浸润的时代。正是基于这样的认识前提，而不是相反，拜厄特选择让一位写作童书的女作家奥丽芙和她的六个孩子，作为这本小说的核心人物群体。某种程度上，这是一部从《仲夏夜之梦》般的明媚童年开始，却在维尔弗莱德·欧文《将死者圣歌》式的悲怆青春中结束的,宏伟且深邃的长篇著作。

　　批评家经常习惯做的工作,是把对作品的批评转换成对作品主题的寻究、对小说人物的分析,以及对内容梗概的意见;而小说家也常常会顺应批评家的这种欲望,将种种事先想好的寓意编织在文本细节和情节之中,期待批评家前来寻宝的足音。这种小说家与批评家的共谋,每每把小说简化成某种意义的祭品,并且还多是陈腐无趣的意义。很多平庸的小说会屈从于这样的共谋,并轻易地接受被概述的命运,但类似《孩子们的书》这样的著作,会天然地拒绝被如是摆弄,以其庞大的体量,以其百科全书般的丰饶自足。呈现丰富的人物群像和宏大广阔的文化背景,一直是拜厄特在长篇小说里孜孜以求的特质。库切曾就此讥讽过她,"狄更斯小说中的小人物在其微观世界中自成体系,而拜厄特的人物却毫不客气地出自电话簿……马克·吐温这样说过,当某个美国作家不知道故事如何结尾时,他会把所能见到的一切人物都杀了。当拜厄特不知道下一步应该如何发展时就在舞台上匆忙开启一个新的人物频道"(杨向荣译)。但平心而论,用狄更斯来比判拜厄特，其实是有点不公平的，因为拜厄特并无意像狄更斯一般，用滚滚向前的戏剧化情节来吸引报刊连载小说的读者，拜厄特的文学偶像是乔治·艾略特、巴尔扎克和托尔斯泰。她希望在小说里展现一个丰富而精确的世界，其中的人物关系是因为这个世界丰富和精确程度的递增而变得愈加有趣，而不是相反，不是因为存在一些有趣的人物关系才让这个世界变得丰富和精确。《人间喜剧》和《战争与和平》中，存在无数看似离题却精彩绝伦的叙述，它们都并非单纯的、埃德温·缪尔意义上的戏剧小说或人物小说，它们可以被一再地跳读，同时，也能承受反复地重读。《孩子们的书》同样也是如此。阅读它的感受像是置身一个繁复迷丽的花园，有无数小径交叉，似乎每一条岔路都可以发展成一部单独的著作，但它们就是在某一刻汇聚成一个整体，充满暧昧的过去和模糊的未来，且随着我们的行走，一些地方渐渐亮起来，另一些地方随之又暗下去，而推动我们前行其中的，仅仅是一个个句子。"也许所有的作家都有充满魔力的句子，幻化出自己的力量，这是写作的内在本质。"借着对女主人公奥丽芙写作心路的描述，A.S.拜厄特也在讲述自己对写作的认识，她的笔下同样涌动着充满魔力的句子。

他在鹅卵石上坐下来,感觉暖暖的,开始吃自己带来的面包、奶酪和苹果。他想一定要带块石头回去。从到处是石头的地方带块石头回去,观赏它,赋予它某种形式,某种生命,把人类与没有人性的石头联系起来,这是一种根深蒂固的本能。他不停地捡着石头,然后又扔掉,有时石头上的一块黑斑、一条裂纹、一个钻透的洞孔会让他着迷不已。他拿在手里,端详着,然后又扔掉,再去收集别的。他最终选定的那块——现在他几乎是暴躁了,对这堆丢弃物聚集而成的堤岸感到很焦虑——呈鸡蛋形,上面带着白色脉线,还有几个细小的孔眼,但并没有穿透。那是小生灵、沙地蜘蛛或者细若发丝的蠕虫的藏身之地。

他花了大量时间画了不少东西——海甘蓝的叶子,古怪的椰壳,褪色的浮木,只是为了享受观察和学习的乐趣。他不时偷偷地看看海水,看看它是否发生了变化——它永远都在变化着。

这段讲述年轻的陶艺师菲利普去海边写生,类似这样的文字,即便是通过译文,读者也能强烈地感受到其中的曼妙。无数的生灵,慢慢化为尘土,凝固成没有人性的石头和所谓的历史,又在某一刻,被艺术家重新唤醒,赋予新的形式,找回新的生命。"我想要那些总是会消失不见的东西,"在小说的开头,年轻的女作家奥丽芙去拜访博物馆员普洛斯珀·凯恩,寻求他的帮助,"当然得连着一个故事。它们适合具有某种奇异的特质,比如一件护身符,一面镜子,能照出过去和未来,类似这样的东西。"

是的,"想要那些总是会消失不见的东西",这样精确的物质需要实际上也构成了拜厄特诸多小说的开端,最终,借助故事的形式和力量,她令那些消失不见的孩子们,令那些消失不见的历史,统统得以复活。

村上春树

1

我大概是从《海边的卡夫卡》开始,就不再追读村上春树的作品,原因也说不清楚,当然偶尔还留意,比如说动静很大的《1Q84》三部曲也会找来翻翻,读了一本半,没有读下去;《爵士乐群英谱2》看完后,也只觉得画得有趣,完全没有像看第一部时那样,一边看一边四处找他提到的爵士乐唱片,迷切特·贝克的嗓音和钢琴迷到不行;《没有色彩的多崎作和他的巡礼之年》自己第一时间买了,至今塑封没拆……现在想来,或许这便是厌倦,就像听一个其实不太会讲笑话的人反复说同样的笑话,我们听的人已经觉得不好笑了,可是他说着说着依旧还能自己忍不住先笑起来,对小说家而言,这不能不说也是一种很可钦佩的能力。

有时我又想,一个人之所以会翻开村上春树的书,不知不觉就一页页读下去,继而一本一本去搜罗,多半是在他人生比较死气沉沉的时期。工作也好、爱情也好,总之一塌糊涂的时期。我二十四岁前后就是如此情况。如同午后厚厚天鹅绒窗帘内的宁静,本来或许也很享受,但因为正处于二十四岁骚动不安的年纪,这宁静才蜕变成死气,才愈发使人觉得空荡、心烦意乱,恨不得撕碎窗帘打破窗户一跳了事。

村上的好处就在于,他承认这种死气,并替你坦然接受。早在其出道之作《且听风吟》中,他就曾借虚拟作家哈特费尔德之口说道:"我向这房间中至为神圣的书籍、即按字母顺序排列编印的电话号码簿发誓:说真话,我只说真话——人生是空的。"但正因为其空,他的主人公们才更可以放心享受生活。霏霏细雨或漫漫大雪永远是窗外的布景,他们固执地坐在窗内,深陷在咖啡的香气和音乐的柔曼中。这是一种深到骨髓又不知具体为何物,徒然在自我营造的孤独世界审视内心空洞的绝望。

"不是对谁都这么,"初说,"因为是你。并非对谁都亲切。我的人生实在太有限了,不可能对谁都亲切。假如不太有限,我想我会为你做很多很多。但不是这样。"这是《国境以南,太阳以西》里面主人公最热烈的表白。却是以太多否定词的面目出现。也许,我们的人生,对于否定的信心总是更足一点罢。

也因为此,我对村上其实曾经有蛮多的好感,但对仅仅因为《挪威的森林》就热烈喜欢或热烈讨厌他的读者没有好感,如果是在我身边的朋友如是谈论,我会建议他们去读一下《世界尽头和冷酷仙境》,还有《奇鸟行状录》。这是村上最好的两部小说。

在一处称作"世界尽头"的所在,主人公的人生就是在安静的图书馆里阅读藏在独角兽头颅里的古梦,陪伴他的是一个女孩,图书管理员,屋外是永远的大雪,屋内是氤氲的咖啡香气。我一直觉得,这是村上小说世界中最动人的场景,这种世界尽头的动人场景,来自一种心灵尽头的简单,村上不是一个复杂的作家,正如人生的沮丧与失败并不复杂一样。斯宾诺莎用内在信仰将失败的犹太人从现实政治重负中解放出来，与此类似，村上也是凭借对心灵自由的维护，将众多失败的都市人从现实的生活重压下解放出来。他的主人公，再怎么颓唐卑微，依旧还可以听着罗西尼的歌剧煮意大利面，这种触手可及的"英雄"姿态，感染了很多平凡的人。

当然人们可以质问，这种解放在何种程度上为真？我的回答是，当然不够为真！就像在斯宾诺莎之后，犹太人的问题并没有真的解决一样，但我们并不因此看轻斯宾诺莎。人之为人的最光辉之处，就是他永远身处某种局限性中，却依旧能做出奋力向前的姿势。

至于《奇鸟行状录》，可能是村上对历史记忆和集体记忆开掘最深的一部著作，我会记得他所描述的在蒙古旷野上像化石一般裸露在外的诺门罕战役中的残骸，以及那一口深井，仿佛唯有咬牙坐入虚构之井中才可以碰触历史天空的深邃。

2

然而，他的小说实在太过于重复。主人公永远为男性，三十到五十不等（其年纪随作者自己年纪增长会适当增长），离异或分居，喜欢爵士乐，阅读趣味是巴尔扎克托马斯曼古希腊史，身旁总有几个可人女孩儿，很会享受生活，却永远沉浸在过去与幻梦中。他的小说着力塑造的，不是人物也不是故事情节，而是某种略嫌沮丧的人生，只是因为恰巧某个时段的我也身处人生沮丧的阶段，因此得以共鸣，以及深深的安慰。

但当我自己又经过了十几年的人生，前不久，看到他最新的一部短篇集，《没有女人的男人们》，依旧还是这个状况，我就有点崩溃。觉得这个作者的三观尤其是对于女性的态度，实在是稍稍成些问题。

据说李陀先生也是村上的著名粉丝。我看他前阵子在批评林达，把林达和琼瑶联系在一起，视为肤浅的代名词。我看过以后有两个感想，首先，唯有林达这种看似鲁莽却充满实干精神的自由主义才能真的刺到左派的痛处；其次，就三观而论，琼瑶似乎比村上更健康一些。在琼瑶那里，男女双方至少是默认要在精神上保持对等的，要互相进步，虽然他们必然在经济上不对等。而在村上那里，看似对女性无限尊重，其实女性是完全没有精神存在的，她们大多数情况下只作为两种方式存在,一种是前任,用来让男主人公怀念,以此作为最好的借口,拒绝与现任发展除了性爱之外更深入的关系;一种是现任,用来安抚男主人公失败的人生,作为温顺的性爱伙伴,招之即来,挥之即去,不留后患。如果说这也是一种失败者的人生,那真是令人心旷神怡的失败。

3

如今,倘若我对村上还有一丝尊敬,那因为他在小说家的身份之外,还一直是一个勤勉的盗火者。我在中国还没有发现一位作家,在丰富的小说创作之余,还有力量翻译那么多域外的小说。村上并非像我们国内很多作家一样,仅仅满足做一个外国小说的"推荐专业户",相反,他是扎扎实实地去翻译这些作品,并成为日本迄今出版译作最多的作家。身体力行地把影响自己的域外作品翻译成自己的母语,这种看似吃力不讨好甚至有点自曝家底的事情,似乎是很多国外大作家常做的事情,波德莱尔翻译爱伦·坡,菲茨杰拉德翻译鲁拜集,陀思妥耶夫斯基翻译巴尔扎克……数不胜数，我们早先也有作为翻译家的鲁迅和巴金，但如今，似乎中国的翻译家和作家俨然就是两种人。

此外，就像昆德拉的文论胜过其小说一样，当村上在谈论写作这回事的时候，会有一些看似平常却相当有力量的洞见。

比如说，他认为小说家乃至每个人的所谓"自我"应当是隐形的，它隐藏在针对类似炸牡蛎这样微不足道的日常生活的开放式谈论中，"我谈炸牡蛎，故我在"。村上笔下一些人物具备的生动性和感染力，其实也正来源于此，他们自行其是，并不受制于小说家的判断性描述；但从另一个方面来讲，这些人物之间的重复性也正和此有关，我们会发现，无论是炸牡蛎还是炸虾丸炸肉饼，他们谈论的方式都是相似的。

村上的英文很好，且痴迷音乐，这两个因素渗透到他的小说写作中，帮助他形成自己独特的文体。"将母语日语在脑中先做一次'假性外语化'，规避意识中语言那与生俱来的惰性，然后再构筑文章，用它来写作小说。反思过去，我觉得自始至终都是这么做的。"这可以令人想到德勒兹引用过的普鲁斯特的话，"美好的书是用某种类似外语的语言写成的",当然,对今天已习惯于欧化表达的中文写作者而言,更有效的追摹方式,不是跟着翻译里面的村上腔亦步亦趋,而是不妨把这里所说的"外语",理解成古典的汉语文言。其次,村上认为"音乐也好小说也好,最基础的是节奏","关于文章的写法,我差不多都是从音乐里学来的",这个我觉得说得也很对,"生物之以息相通也",艺术和生活中最简单动人的表达和传递,都是在节奏和气息上的。他又引用爵士钢琴家塞隆尼斯·蒙克的话,"所谓新的乐音,是哪里都不会有的。请看那键盘,所有的乐音都早已排列在那里。只要你扎扎实实把意义注入一个乐音,它就会发出别样的乐响"。

这意义,也即每个小说家致力表达的独特之物,当然各自不同。对村上自己而言,他将之概括为:"世上所有的人终其一生,都在寻求某个宝贵的东西,但能找到的人不多。即使幸运地找到了,那东西也大多受到致命的损伤。但是,我们必须继续寻求。因为不这么做,活着的意义就不复存在。"读者多半喜欢这样清楚简洁的形容,虽然评论家难免觉得有些不满。(2015.10)

4

现代小说中有一支是以艺术家作为主人公的,写艺术家的创作生涯、变化以及对于创造这件事情的认知,倘若这个艺术家恰好是小说家,或者有时候又被称作"元小说",也就是有关小说的小说。这种小说时常被视为后现代写作的一种花样,在一眼可以辨认出来的技巧层面被初学者模仿,但在最朴素的内在层面,这种小说可以用詹姆斯·乔伊斯上世纪初的一部小说名字来形容,即"一个青年艺术家的肖像"。如果说古典传奇中的主角往往是英雄,写一个普通人如何慢慢长成为除暴安良仗剑天涯的英雄,那么,现代社会里的英雄,如波德莱尔很久之前就意识到的,这生活在现代社会尤其是所谓太平盛世里的英雄,只能是艺术家,所以波德莱尔才会用剑术来隐喻创造:

> 我独自去练习我奇异的剑术,
> 向四面八方嗅寻偶然的韵律,
> 绊在字眼上,像绊在石子路上

有时碰见了长久梦想的诗行。

（钱春绮译）

如同《笑傲江湖》里的"传剑"一节可以视为证道之言，很多以艺术家为主题的现代小说也可视为写作者对于"创造"这件事情的体认和证悟，它像禅门问答一般无法弄虚作假，你到达什么程度，你就只能讲述什么程度的言语。

我在第二次阅读村上春树《刺杀骑士团长》的时候，才意识到它也是属于这一类小说的。借用传奇故事的外壳，《刺杀骑士团长》集聚了一个孜孜不倦的小说写作者在耳顺之后对于"艺术创造"这件一生悬命之事的自我总结，如果说到所谓《刺杀骑士团长》是村上的集大成之作，或许应当是在这个层面上。

村上为小说上下册分别起了两个副标题，"显形理念篇"和"流变隐喻篇"，有人因此攀附上柏拉图，而这种望文生义的攀附只能造成两伤，村上这里以骑士团长面目显形的"理念"，与柏拉图的理念毫无关系。村上要说的是"理念"反哲学的一面，即它并非超乎个体之上的、和个人无关的纯粹和绝对之抽象存在，用骑士团长的话说，"理念通过被他者认识才得以作为理念成立"，"理念是一个中立性观念，使之变好变坏完全取决于人"，"在宇宙之中，一切都是'买方责任'，交到人手里的东西如何利用，那不是卖方所能左右的"，如同相对论催生了原子弹落在广岛长崎但同时也催生无数好的东西。也就是说，理念存在于每个人自己的认识中——你如何认识世界，世界就呈现出何种理念给你，因此，没有所谓脱离于个体存在的"平庸的恶"或"绝对之善"，时代或世界看上去越荒谬不经，个体越要背负起相应的善恶之责。而一个艺术家，按照村上的理解，他要做的工作可以分成两部分，一是理念显形，即培养自身观看和赋形的能力，令理念显形，让普通人看见他们原本无力分辨或不愿面对之物；二是隐喻流变，即用隐喻的方式记录这一切已显形的，让万事万物就此发生关联，并通过这样的关联所构成的宏大整体来重新认识自身，下册中出现的"长面人"就代表一种低级隐喻，他显示给"我"一条黑暗、狭窄和艰难的"隐喻通道"，但每个人必须凭借自身的力量穿过它。

　　既然这本小说是村上对于写作艺术的认识之书，那么村上小说的优点和缺点，在这本小说中也就呈现得特别明显。

下册穿越"隐喻通道"的部分，其中幽暗的森林，摆渡人，引领向上的少女，显然借鉴了但丁的《神曲》，但正如村上先前小说中对于陀思妥耶夫斯基和卡夫卡的汲取一样，这种借鉴或隐喻始终只停留在表面，我们每每仿佛置身一台正蓄势待发准备腾空的火箭舱，在一阵剧烈晃动的晕眩之后，定睛一看，发现依旧还在原地。村上本质上并非哲人式的小说家，当然原本小说也并非只有深邃一途。但对于此类深邃作者的执拗偏爱，倒是令村上的小说世界常常得以在各种突如其来的抽象和具象之间快速自由地切换，这可能是村上这些年长盛不衰且可以吸引各类读者的关键。

我很喜欢这本小说里的两段话，觉得是村上身为小说家最为独特的创作体会。一是身为画家的"我"对少女模特真理惠说的，

> 这天归终我一次也没拿画笔，只是在明亮的画室中同秋川真理惠两人漫无边际地交谈。我边谈边把她

表情的变化和种种样样的动作一个个打入脑海。不妨说，如此记忆的累积将成为我应该画的画的骨肉。

"今天老师什么也没画。"真理惠说。

"这样的日子也是有的。"我说，"既有时间夺走的东西，又有时间给予的东西。把时间拉向自己这边是一项重要工作。"

《刺杀骑士团长》中的肖像画家，背负人生种种挫败，在空荡山谷的房间中每天面对空空的画布，躺在地板上听各种音乐唱片，或睡或醒，外面斗转星移，季节变化。这种将孤独和失败具象化为真切可触的情境，是村上的擅长，而它之所以迷人，是因为这种孤独失败往往是创造的前提。在这样的情境中，人不再是历史或时代的传声筒或论据，不再亦步亦趋地按照历史教科书或社论新闻的时间点来变化发展，相反，时间在自己这边，按照自己的心意运转，与此同时，就会有一些新的东西在诞生，虽然此刻还不知道是什么，但因此就有继续生活下去的决心。"把时间拉向自己这边"，用自己的方式填满时间，这正是属于现代艺术家的生活，如同古典英雄一般。

具体而言，这种填满时间的方式，在这本小说里也有暗示。那就是我很喜欢的另一句话，来自作曲家理查德·施特劳斯，小说中曾数次引用：

"即使一把扫帚，我也能用声音描述出来。"

时间在自己这边的小说家，他感兴趣的不光是重大事件，而是一切事物，是生活里的每一件事。战争、暴行、重大历史事件，在身为小说家的村上这里，是和衬衫颜色、唱片种类、跑车性能、鲷鱼做法乃至性爱姿势混融在一起的，具有同等的分量，被同等关切的目光所注视。正如在理查德·施特劳斯那里，他关心的不是音乐主题的高低轻重，不是在一次大革命或一把扫帚之间的取舍，而是关心自己有无准确将之描述出来的能力。任何事件都是平等的，在时间面前，或者，在艺术家面前。这种不被习俗规训捆绑的、赤子般的平等心，也是艺术能够带给我们的、最重要的道德训练。

于是，那些习惯于在小说中找寻重大题材或戏剧性高潮的人，对《刺杀骑士团长》就只能失望，或是因为五十万字中的千余字关于南京大屠杀的叙述,就手舞足蹈。但更为耐心的读者,在把数小时的时间不抱怀疑地交付给小说家之后,或许会慢慢找到一点把时间拉向自己这边的方式。(2018.3)

爱丽丝·门罗

1

　　爱丽丝·门罗的每一个短篇小说,都不再是惯常意义上的短篇小说。大凡截取某种人生片断,抖落某个人生包袱,抑或描摹某场堪作布道的顿悟奇迹,以及诉说某次行动造成的基因突变,种种这些都非门罗所欲求。在《家具》的结尾,她说:"我没有想到我要写艾尔弗莱达的故事——而是想到我要做的工作,更像是从空中抓物,而不是构造故事。人群的喧嚣像沉重的心跳一样传过来,充满悲哀。可爱的正常声波,夹杂着遥远的、几乎非人性的赞同和惋惜。这就是我想要的,这就是我要关注的,我的生活就是要像这样。"

像是从空中抓物。像是传道书里所说的捕风。那日光下的虚空和风里，有我们已经失去和正在消散的一切碎片。爱丽丝·门罗的愿望并不是试图捕捉一点样本，而是攫住全部，全部的人性和非人性的生活，全部的零碎而非剧情连贯的现实。

她的很多短篇，都可以从一个人的童年一直写到衰老和死，或者又笔锋一转再写回童年，无论怎样，却都不觉得仓促和突然。这也许是一位三十七岁才开始浮出水面的小说家的特权，她在访谈中说，"如果我二十五岁时就通过出版小说迅速证明了自己，那说不定倒是件糟糕的事情"。二十五岁的时候写小说，糟糕的还不完全是看不清生活的结局是怎么样的，糟糕的是，要在小说中反复总结生活，在生活中不停虚构小说。

"他们像漫画一样讲话，真让人受不了。"在一篇小说里她这么调侃笔下的人物。然而见过太多"像漫画一样讲话"的小说对话之后，读到门罗小说里饱含体温的言语，也会有些不适，就像我们习惯了虚情假意的风景画之后，面对自然时的不适。

一个有阅读文学期刊习惯的朋友，读过门罗之后感叹，要这样写小说是会被我们的期刊编辑退稿的。因为门罗的小说很难被概括成某个故事，很难提炼出某种主题；因为她的这些小说都不够聪明，也不够愚蠢。她的这些小说一如世界之所是。

2

和浪漫主义者一样，爱丽丝·门罗不相信生活存在某种必须服从的客观铁律，以及某种可以被清晰剥离出来的最终真相；但和浪漫主义者的区别在于，她对纯粹自足的个人意志和一切有关破坏的激情也抱有同样的怀疑。

在《亲爱的生活》这部或许是门罗最后的著作中，八十岁的女作家用十四个简短的故事重构了她所理解的生活，亲爱的生活，从孩童到老年，从女人到男人。她不会像我们有些作家，在五六十岁的年纪就以老人自居，相反，在她的近作中人们看不到任何衰老和迟暮的痕迹，叙事依旧保持其特有的耐心、细密，以及必要处的迅猛与热烈，仿佛日光下正在诞生的新人；她也不会像我们某些作家一样，在获奖之后宣称"生活比写作重要"，作为一名真正的作家，她显然清楚，唯有在无尽的写作中，在无情的自我审视中，全部的生活之流才得以最大程度地向着她涌现。

在《漂流到日本》中，一次背叛并非某种生活转折性的象征，而只是小小的插曲，它通向另一次背叛，以及某种"极度的平静"；在《科莉》中，当那个富家女最终意识到那个和她长年保持情人关系的已婚男人，竟然一直以一种可怕的方式从她那里获利，她没有狂怒地揭穿对方也没有自行崩溃，只是"从每一个房间走过，把这个新的想法说给墙壁和家具听"。"但如果你愿意，一切都有可能变成好事。"在《骄傲》的开头，她说，而在这篇小说的结尾，在痛苦难堪的交谈行将结束之际，故事的男女主人公忽然见到一群漂亮的臭鼬笔直穿过院子，没有人说话，没有人愿意"毁了这个瞬间"。

在门罗的笔下，所有骇人之物并不是某种异质性的、需要被一次性克服或者解释的存在，相反，那些骇人之物就是我们自身，每个人都携带一个不可言喻的、恒久的地狱，一次背叛通往另一次背叛，一种匮乏指向另一种匮乏，在人生的某个低谷之后，是另一个低谷……小说家重要的是首先认识到这一切，接受那些突如其来的死，以及更多的、卑微坚忍的生，而不是企图立刻解释一切或者给出一条虚假的出路。

"接受一切，然后悲剧就消失了。或者至少，悲剧变得不那么沉重了，而你就在那里，在这个世界无拘无束地前进。"小说中的一个人物如是安慰另一个人。"我们会说起某些无法被原谅的事，某些让我们永远无法原谅自己的事。但我们原谅了，我们每次都原谅了。"这是整部小说集末尾的半自传题篇文字中最后的话。然而，倘若人们就此总结出某种当代温情主义式的处世态度，就像这本书中译本封底文字所总结表达的那样，而不能从中感受到门罗作为小说家的反讽，那么，人们就依旧没有理解门罗，没有理解在她温婉文字背后深渊般的冷峻与坚定，没有理解，在最初和最后的时刻，撒旦都是天使阵营中的一员，也唯有他将引领我们在某些光辉的瞬间重回天空，倘若我们有勇气向着他睁开眼睛。

杜鲁门·卡波蒂

两卷本《肖像与观察：卡波蒂随笔》中译本的出版，有助于改变一些我们建立在杜鲁门·卡波蒂这个作家身上的老生常谈，即一个自我放纵的天才，一个沉醉在名利场中的明星级作家，一个被毁灭性的成功击溃的悲剧人物，从而勾勒出某种令人扼腕的人生之弧。事实上，在这部由后人编辑、几乎涵盖其全部创作生涯的编年文集中，我能够看到的是，晚期卡波蒂的创作并未沉沦，相反，在品质上已经暗暗达到了某种骇人的高度，且是在绝对清醒自觉的状况之下完成的。

一九八○年，这时候离他去世还有四年，他写出了《窗中明灯》。讲述一个年轻人在寒冷的黑夜被酗酒司机抛弃在荒野,他走啊走,来到了一间有门廊的小木屋前,小木屋里有一位坐在炉火旁看简·奥斯丁小说的老妇人,有几只小猫陪伴着她。他请求借用电话,但老妇人邀请他留下来住一宿。于是他们聊天,就着火和酒,聊那些世人景仰的作家,梭罗、狄更斯、刘易斯·卡罗尔、霍桑……也聊政客、宗教、园艺、康涅狄格州严酷的冬日和遥远的地方,后来她送他上楼休息,床上盖着小碎布缝成的被子,漂亮又温馨。第二天早上,她又为他做好了早餐,然后他们开始聊到了猫。他说曾经养过一只暹罗猫,带它游遍世界,后来它死了他都不忍心再养一只,

"那或许这个你可以理解吧,"说着,她带我走到那个大冷柜跟前,打开柜门。里面全是猫:冰冻的猫摆放得整整齐齐,保存得完好无损——有几十只呢。这让我感到很惊讶。"都是我的老朋友。就这么安息着。因为我无法承受失去它们的痛苦。完全无法承受。"她大笑起来,说道:"我猜你会觉得我有点儿疯疯癫癫的吧。"

有点儿疯疯癫癫。没错,有点儿疯疯癫癫,我在

灰色的天空下朝着她指给我的高速公路方向走的时候，心里就在这么想。疯疯癫癫，但却光彩照人：那是窗中的明灯。

这是篇小小的杰作。我不知道应该以什么样的文体来称呼它，哥特式童话？叙事散文？抑或短篇小说。但很奇怪地，它让我不止一次地想到《老人与海》。

众所周知，在《冷血》大获成功后不久，卡波蒂就陷入一部名为《应许的祈祷》的著作计划的折磨中，他此时的抱负是写出美国的《追忆似水年华》，无情地记录他浸淫其中的富人阶层和名流圈众生相。在同样写于一九八〇年的、为文集《给变色龙听的音乐》而写的前言里，他回顾这段尚未完结的历程，说，"现在看来，尽管这是场折磨，但我为它发生感到高兴；毕竟，它改变了我对于写作的整体理解，改变了我对艺术和生活以及找到二者之间平衡点的态度，改变了我对什么是真相和什么是'真正的'真相这两者间的不同之处的理解。首先，我认为，大多数的作家都写得太多了，哪怕是最好的作家。我更愿意少写一些。要像乡间的小溪一样简单、清澈……但由于自我限制于此刻我正在运用的某一种形式的写作技巧,我并没有将我对写作的全部认知运用进去——那些我从电影剧本、戏剧、报告文学、诗歌、短篇小说、中篇小说、长篇小说中所学到的全部内容。一个作家应当将其所具备的所有色彩和所有能力在同一块调色板上调匀(以及在合适的情况下,同时应用这些素材)。可这又如何实现呢?我重新开始创作《应许的祈祷》……我不得不回到幼儿园。但我很兴奋,我感到一个无形的太阳在照耀着我……现在,我将自己置身于舞台中央,并以最苛刻、最细微的方式重建与普通人物的日常交谈:我住所的管理员,健身房的按摩师,某个老同学,我的牙医。在写出几百页这种率真的文字后,我终于形成了一种风格。我找到了一个框架,我可以将我对于写作的全部认知都融入到这个框架中了"。

也许我引用得太多了。也许还不够多。我只是希望每个喜欢卡波蒂的读者都可以去看一下这篇饱含诚意与洞见的前言,以及同样收录在《肖像与观察》中的类似文章。无论外部生活多么混乱、跌宕,多么阴郁或华美,在写作的那些时刻,哪怕是躺着,他也一直很清楚地知道自己在做什么。"我认为我对写作的理解很深。"在一九七二年一篇题为《自画像》的文章里他如是说。事实也的确如此。

"以最苛刻、最细微的方式重建与普通人物的日常交谈",这几乎是卡波蒂一生写作的缩影。在为他赢得最初声名的小说《别的声音,别的房间》里,虽有自传成分,但最动人的部分却基于那个年轻叙事者对于他人而非自我的关注之上。"别的声音,别的房间,那些逝去的模糊声音将总会萦绕他的梦乡。"而他最初发表在《纽约客》上的长篇非虚构报道,记录与一家美国歌剧团同赴莫斯科演出的历程,文章题为《缪斯入耳》,也很有意味地关乎声音。进而,每个杰出小说家关心的现实首先都是作为个人而非集体的现实,这样的现实,其基本元素,不是情节,是声音,正在发生的和不断逝去的,人们日常交谈的声音。是这些声音将一个人从各种由人所制造的非人怪物手里抢救回来,赋予一个人生活的尊严;是这些业已不存在的、人的声音,参与创造出一个小说家要从时间之流中奋力夺回的,"作为幻相的真相"。

也许只应该从这样的角度来理解卡波蒂向着非虚构写作的纵身一跃。在虚构小说中,因为文体的限制,写作者不可避免要耗费精力在种种有头有尾的故事情节的营构设计上；但在非虚构作品中，由于情节永远都是现成提供的，是不可随意更改的，写作者遂得以把精力集中放在对人以及某种生命灵韵的捕捉上。

"在选择白兰度作为尝试的对象之后，我检查了我的设备（其中最关键的要素是一种依靠脑力记录长篇对话的能力，一种我在伏案于《缪斯入耳》时努力达到的能力，因为我笃信做笔记——更不用说录音机了！——会制造假象与扭曲，甚至是毁掉任何存在于观察者与观察对象之间的自然感）。需要记忆的东西很多——白兰度一连几个小时的轻言细语，海阔天空，但是我在这次'访谈'之后，只用了一个上午就把它全写了出来，然后花了一个月的时间打磨成型，使其接近最终想要的结果。从这件事当中，我收获最大的是如何控制'静态'写作，在一种没有叙述主线帮助的情况下，如何挖掘人物，如何保持氛围——后者之于作家，正如绳索与丁字镐之于登山者。"（《犬吠》前言）

约瑟夫·M.福克斯，《应许的祈祷》的编者，为我们保留了一点卡波蒂是如何将对话"打磨成型"的珍贵片断。在读完《应许的祈祷》其中一章后，福克斯收到卡波蒂征询意见的电话，福克斯指出，其中一个人物在对话中使用的一个词不妥当，因为她不可能用那个词，可能会是另一个词。卡波蒂听了开心大笑，"我昨晚重读了一遍这章，"他说，"唯有一处我想改一改。我这会儿给你电话，正是要告诉你把那地方改为你刚才建议的那个词。"

即便从《应许的祈祷》现存的三章来看，即便是这些卡波蒂已经打算推翻重来的未完成作品，也依旧并非什么"挣扎之后的惨败"，而是如编者福克斯所言，"几乎是完美无瑕的"。因为，它从一开始就拒绝被某种既定的小说美学天平衡量，在一片弥天弥地的荒唐无稽中，它只乐意接受生命真实的严峻考量，而大多数人类，一如艾略特早就指出的，"并不能忍受太多的真实"。

这种艺术家必须面对的生命真实，亦是卡波蒂在《给变色龙听的音乐》中反复提及的黑镜，"那种黑暗，你盯着看的时间越长，它就不再是黑色的，而是变成一种很古怪的浅蓝色，变成通向隐秘幻境的门槛"，让人不安，也教人平静。

在杜鲁门·卡波蒂的作品中，人永远大于故事，他的每个主人公，甚至包括他写过的鸟儿，永远都仿佛摇摇欲坠地踩在疼痛之刃上，以某种倾斜于世界的姿态，行走在毁灭的边缘，但这一切又都在一种极其耐心和严苛的控制之下，在属人的话语中缓缓展开的。阅读他的随笔是一种美妙的享受，某种程度上胜过其小说，从中可以体会到一种他用以称赞毛姆的出色品质，即"紧紧围绕主题运用精妙的叙事法则"。"这成就体现了一种自律，它需要河马的耐心，物理学家的客观，以及艺术家的投入，而它唯一的造物就是她终将陨灭的自我。此外，造诣修行最重要的莫过于嗓音，莫过于它的音色，还有它发声的方式与传达的内容。"卡波蒂的这段文字是在描写天鹅，亦是在描写自己及用力一生的写作，而那终将到来的自我陨灭，其实是"缓缓地，庄重地"，一如他写过的那只名叫罗拉的乌鸦。

在零和一之间

在《巴黎故事》的英文版导言里,迈克尔·翁达杰说梅维斯·迦兰是存在于作家之间的一个秘密,"为他们所分享、热爱,也令他们生畏"。类似的话,罗塞尔·班克斯在《多彩的流放》的英文版序言里也曾讲过,他指认迦兰在美国被视为一位"作家中的作家",进而,他说:"那么,作家中的作家到底指什么呢?它仅仅指按照那条最本质、最经得起时间考验的写作原则来认真地写好每一个句子的作家,这原则就是:诚恳、明晰、简洁。"

《巴黎故事》和《多彩的流放》这两部短篇集如今都已有了中译本,但似乎也是应者寥寥,仅在很小的范围内被议论,并且还要借助同胞玛格丽特·阿特伍德和艾丽丝·门罗的声名。的确，某种程度上，对一位刚刚接触梅维斯·迦兰的中文读者，要理解班克斯所谓的"诚恳、明晰、简洁"，是困难的，或许我首先能够感知的，恰恰是这条原则的反面，是多变、繁复与混乱。

或许需要用几段引文来阐明迦兰小说的风格，但无论是哪段引文，我预感它引起的误解恐怕都会不亚于它所企图呈现的。因为迦兰并非一位警句作家，也不是那种建筑师般利用生活的材料建造宏伟大厦或精巧结晶体的小说家，可以让我们通过一些标志性的柱廊和穹顶就对之有某种概观性的认知，事实上，她呈现给我们的，毋宁说，是一处处废墟般的存在（翁达杰则将之比作"船难所在地"）。"影院里，座位和地毯在慢慢地腐朽"（《加布里尔·鲍姆：1935—（）》）；"男人们在那里静静地腐烂，直到领退休金的那一天"（《在零和一之间》）……大凡一桩事件，一次遭遇，一场对话，某段生活的切面，以及小说主人公在结尾处油然而生的顿悟或启示，诸如此类在短篇小说中为我们熟知的结构经营模式，梅维斯·迦兰表示毫无兴趣。在她的那些短篇小说中，时空的跨度往往非常之大，可以贯穿一个人的一生，也可以横跨欧陆和美洲，这一点有些像门罗,她们都是无视短篇小说与长篇小说差异的作家。然而,在门罗的小说中,那些人仍然还在做出各种各样的行动的努力,他们企图逃离或赋予生活一点什么,而对迦兰来讲,她笔下的每个人物都只是某种宿命式的存在,像废墟上生命力强韧的野草,外面的时间呼啸而过,却只不过像旅途车窗外的风景,不能带给他们任何根本性的影响。大多数人注定是不可被改变的,他们只会一点点老去,带着清醒且愈发寒冷的自我意识,这似乎可以视作迦兰带给我们的最强有力的洞见。

和我们熟悉的那种通过生动的场景描写和限定视角迅速令读者产生代入感的现代英美短篇不同,对于笔下人物相互之间正在发生的事件,一部典型的迦兰小说的叙述往往是这样的:

> 多丽丝依稀感到不安。餐厅是中国式的:一顿饭的工夫她都被怪物们瞪着。这足以令任何人反胃。邦妮一边唠叨一面紧张地摇晃面前的小铃铛。鲍勃则泰然自若,很吸引人。他忍不住要去吸引别人:这是本能反应。但没多大意义,多丽丝也并没有引起他的兴

趣。她感觉到了这一点，希望能够叫他付出代价……

(《八月》)

在很短的一个场景里，叙述视点就在不同人物之间轻易地游走，快速地滑动，这通常会是小说初习者常见而不自知的毛病。它在读者那里造成的阅读混乱，比如主题上的失焦，意义和情感上的无所凭依，亨利·詹姆斯之后的现代西方小说家大多都会予以警惕。当然，只要是规则就会有对规则的破坏，重要的也许仅仅在于，这种破坏在写作者那里是不是自知和自觉的。同时我们也可以说，类似的视角快速变化，在中国旧小说里也是屡见不鲜的。但在旧小说里，此类视角变化造成的阅读障碍，常常是被戏剧性事件和行动的快速且紧张的推进所遮掩或弥补了，比如《三国演义》里的"三英战吕布"一节，旁观者、叙述者、吕布、关羽的视点纷至沓来，就像电影动作镜头的频繁切换一样，因为有一场紧张激烈的行动作为底子，读者非但不觉得混乱，反而产生更深的代入感。但梅维斯·迦兰又并不是这样。她对事件和行动的强烈戏剧性并不关心，也并不急切地要表达自己对生活的某种看法，相反，她留意的是那些普通人心理意识几乎静止状态时的微妙、琐碎又流动不息的戏剧性，后者或许更为符合生活的真实，虽然也更难以把捉。同时，这种意识的戏剧性又并非像意识流小说那样局限和耽溺于某一个人的意识，而是在她所构建的那个完整的人类小世界中游走。

于是，在她的小说中，不太有主要人物和次要人物、主要事件和次要事件的差别；通过省略和砍削让某个人物、主题和观点更为突出，也不是她的方法；这似乎也更符合生活严厉的真相，试问在生活中有什么一定是主要的或次要的呢，倘若不事先带有某种目的和计划来审视它的话。她力图要呈现的，是生活本身，而非对生活作出的某种安排；她的小说是反戏剧性的，或者说，是对古典戏剧的回归，对洞彻人类命运的合唱队旁白的回归。

而另一方面，当她的笔触暂时聚焦于某一个人物的时候，她也无意尽要往深处挖掘种种心理学意义上的潜意识无意识，而是时时把一个可见可感的外部世界拉进来。

> 他不费力气就想象出一盘用蛋黄酱或一点点柠檬汁和橄榄油调拌的新鲜海鲜拼盘，他看见加湿盘子里

叠放的煎蛋卷、腌鲱鱼配土豆沙拉、红酒蔬菜清炖羊腰。他也可以料想自己顺着过道走到通常他每晚大部分时间会坐的那张椅子边,坐下写那张条子。如果他向右靠一点,就能看见窗外蒙帕纳斯大厦的影子,还有那栋取代了木地板凹陷的老火车站的办公楼。才不过发生在昨天吧,他开始告诉自己——但不是的。一代巴黎人除了眼前所见以外,什么都不知道。

(《眼皮底下》)

很多人,包括很多写小说的人,都以为可以通过匆忙的一瞥、一两桩轶事以及几次简单的谈话,就能了解或勾勒出一个人,梅维斯·迦兰似乎并没有这样的自信。这未必是因为她相信人性的复杂幽深,更有可能的,我猜测,是她相信人性的平庸。广为流传的轶事和言辞往往只是呈现出一个人奇特且容易被记住的一面,像焰火呈现出的幻景,我们这些读小说的人往往喜爱的就是这样的幻景,但梅维斯·迦兰把我们直接拖入夜色之中,拖入我们自己乏善可陈的生活之中。

因此,对于初读者,她的小说所呈现出的繁复与混乱,可能也和我们习惯于幻景的眼睛猛然面对绝对无风景可言的黑夜时的不适感相类似。粗略地浏览她的小说,就几乎等于没有读过;想从中立刻看到一个具体故事或某个人的成长,也会一无所获;她不太相信她笔下的人物可以通过一两个故事就获得启示,改变人生;相反,她只是希冀我们和她一起静静在黑夜里伫立片刻,并要求我们依靠自己的能力获得启示。

她有篇小说叫作《在零和一之间》,写一个刚就业的十九岁女孩猛然置身于一群办公室中年男女中的境遇。"生命里有这样一个空间,我以前经常把它称为'在零和一之间',然后就是一团漫长的迷局。"时间的鞭子已经高高扬起,不再是童年故乡宛若永生般静止不变的"零",又还没有进入从"一"开始的秩序井然走向老死的整数数列,梅维斯·迦兰的主人公就徘徊在这零和一之间,认真地挣扎,却无需得救。而在这个意义上,她的"诚恳、明晰与简洁",是在小数点之后的,面对不可穷尽的无理数时的诚恳、明晰与简洁。

《斯通纳》,或爱的秩序

> 谁把握住一个人的爱的秩序,谁就理解了这个人。
>
> ——舍勒

1

在《斯通纳》的献词里,约翰·威廉斯一方面向密苏里大学英文系的朋友和同事致意,这是他曾经攻读博士学位和短暂担任过教职的地方,也是这本书的故事发生地,另一方面,他借机强调了这本小说的绝对虚构性,从人物、事件到地点。这种强调,不能简单地认为是一种形式性的策略，用以解消现实对艺术的干预，而应当看成是他的不动声色的宣言，好将自己和同时代小说家暗暗区分开来。

莫里斯·迪克斯坦曾经谈到过美国二十世纪六七十年代小说中的自传性倾向，这是一个被自白派诗人和非虚构写作冲洗过的小说疆土，是由菲利普·罗斯、伯纳德·马拉默德、约翰·欧文主导的时代，"每一位作家似乎再也无法忍受绞尽脑汁去想象他人的故事，开始把自己当成主角，仅仅创作关于他自己的故事"。这些自传性小说中的主人公大多都是和小说作者类似的写作者，而这种对于自我和同类的过度关注，对于虚构的放弃，迅速导致写作者想象力的衰退和现实感的丧失。"让人吃惊的事实是，极少有当代小说告诉我们胜任一个工作职位应该具备什么。在当代小说中，通常我们从通俗小说家那里所获得的社会感要多过从严肃小说家那里所获得的。"可以说，也正是基于对此喋喋不休的自传性潮流的厌倦与反拨，才催生了后来雷蒙德·卡佛、理查德·福特乃至耶茨转向地方性普通小人物的视域。

可以从这个背景，去理解约翰·威廉斯的《斯通纳》在当日乃至随后几十年中所遭遇的沉寂。约翰·威廉斯是谁？这样的问题对于《斯通纳》是无效的。事实上，很多中国读者都是在对其作者一无所知的情况下打开这本书的，而在读完之后，很多人也未必就有继续了解这个作者的欲望，至少对我而言，这个欲望，会远远小于重读的欲望。这部作品，某种程度上可以看成一部古典素剧作品，从它对于历史时间和作者自我的淡漠，从它对于严肃生活的关切，从它凝练整饬到无法加以增减分毫的文体。

像大多数古典著作一样，《斯通纳》讲述的不是某个人的一生，而是一次完整的经受了省察的人生。在省察之后，它只保留最为必要的部分，也就是说，最富教益的部分。爱智慧，遂替代了还原与复现，成为这部小说的最高叙事原则。詹姆斯·伍德曾在《小说机杼》中谈到"冗余细节的必要性"，因为"生活给我们的永远比我们所需的更多"，所以，那些弥漫在现代小说中的过剩细节、闲笔、饶舌议论，就不是无用的，而恰恰能营造出一种真实活着的丰饶感，抑或荒谬感。但《斯通纳》的作者完全无视此类现代小说美学，荷马和普鲁塔克才是他的近亲。

2

在小说的开头,作者就交代了主人公平淡无奇的一生。他出生,求学,教书,然后死去,有同事给学校图书馆捐献了一部中世纪手稿作为对他的纪念,如此而已。这种形式,可能会让有经验的读者想起纳博科夫《黑暗中的笑声》的开篇:

> 从前,在德国柏林,有一个名叫欧比纳斯的男子。他阔绰,受人尊敬,过得挺幸福。有一天,他抛弃自己的妻子,找了一个年轻的情妇。他爱那女郎,女郎却不爱他。于是,他的一生就这样给毁掉了。
> 这就是整个故事,本不必多费唇舌,如果讲故事本身不能带来收益和乐趣的话。

抑或,是霍桑短篇《威克菲尔德》的开头:

> 记得哪份旧杂志还是报纸上登过一篇故事,据说是真人真事。说是有个男人——姑且称他威克菲尔德

吧——离家出走为时多年。

……故事梗概就记得这些。但此事，虽说纯属别出心裁，前无古人后无来者，我却以为，它真能引起人类慷慨的同情心……

同样是开篇就和盘托出主要内容和结局，纳博科夫看中的是其形式上的戏仿功能，并由此凸显现代小说中"怎么讲"本身的种种可能性；而在霍桑那里则更多基于对故事和小说的认识，他为自己的小说集取名为《重讲的故事》，在他看来，所谓小说大概就是经得起重新讲述的故事。但《斯通纳》与这两者皆有不同，它在开头处力图昭示的，并非吸引现代小说家纵身其中的游戏或探索，而是一种类似古典诗人般的命定和完成。它更为紧密的血亲，可能是《奥德赛》：

> 请为我叙说，缪斯啊，那位机敏的英雄，
> 在摧毁特洛亚的神圣城堡后又到处漂泊，
> 见识过不少种族的城邦和他们的思想；
> 他在广阔的大海上身受无数的苦难，

为保全自己的性命，偕同伴们返回家园。

（王焕生译）

亚里士多德在谈到《奥德赛》时指出，荷马并不是把奥德修斯的每一个经历都写进去，而是"环绕着一个有整一性的行动"，详略相间，这个行动即开篇里所说的返乡。《斯通纳》某种程度上也可以作如是观。它紧扣的整一行动，是"一个人如何在他所做的事情中自我实现"，这种实现虽然所知者寥寥，但它的重要性和严肃性却并不因此而失色。

3

威廉·斯通纳出生在密苏里中部一个小农场里，"这是一个孤单的家庭，家里只有他一个孩子，全家被逃不掉的辛劳紧紧地束缚在一起"（以下有关《斯通纳》的引文如无特殊说明，均来自杨向荣译本，世纪文景2016年版）。辛劳，疲惫，随之而来的迟钝和麻木，是在土地上劳作半生的父母给斯通纳的感受，也是他自己慢慢正在产生的感受，高中毕业了，回到农场务农似乎是必然的道路。所幸，一个陌生人的意见改变了他的命运。那是一个县里来的办事员，大约在一次闲谈中告诉他的父亲应当送他去读大学，具体来说是密苏里大学新设立的农学院。我们都不知道这个陌生人是谁，他仿佛只是手指动了一动，另一个人的一生就不可遏制又无比精确地自行开动了。

斯通纳得知这个消息，是在一个晚春的黄昏，在干了一天农活又吃完晚饭之后。"上星期县里来了个办事的。"他的父亲在厨房忽然开始和他交谈。这是小说中的第一场对话。在这部主要由简净的叙述推动的小说中，人物只在一些最重要的场合才说话，但一旦他们开口，我们就会明白作者是此中行家，他有一双能够倾听和辨别人类纷繁声音的耳朵，与此同时他也清楚，大多数时候，人们的声音只是一种可以略去不计的喧哗与骚动。"上个星期"，这意味着斯通纳的父母已经就这个决定做过一番思索，这种思索是沉默而郑重的，可以想见它涉及很多的顾虑，和牺牲，而这种郑重最终以一种随意的方式表达出来，这是习惯了隐忍的父亲母亲表达爱的方式。

"斯通纳的双手平摊在桌布上，在灯盏亮光的照耀下，桌布闪烁着暗淡的光。"这是小说中最初呈现在斯通纳面前的光,之前,他看到的一切都是灰色和褐黄色的。从这一刻,他的眼睛开始看到光。

他于是去大学读书,在当地的远房亲戚家干活以抵付食宿。但和我们常见的贫寒子弟上大学的故事不同,新世界并不就此开启。作者并不关心一个外在的、意味着文明、阶层等作为象征符号式的大学世界,他在意的是人真实的内心,这心灵柔弱而坚固,它必须找到合适的机会自己打开,方才是诚实的写作。所以,我们会看到,斯通纳的大学第一学年是在寥寥数语中被打发掉的,这种时间的快进在叙述上令人震惊,有一种闯入新世界之后却一脚踏空的感觉,但这种感觉是真实的。心理时间和物理时间并不同步,人并不总是被物理时间驱赶向前,每个人都有自己的节律,而发现这种节律,才是走近这个人。

4

斯通纳在农学院攻读理学士的学位,他修习的课程主要是基础科学和土壤化学类的科目,并没有遇到什么困难,但是到了大二上学期,"必修的英国文学概论却空前地让他有些烦恼和不安生"。我们接下来可以看到,这种对于烦恼和不安的意识,恰恰是新生命的萌芽。

> 老师是个中年男人,四十出头,名叫阿切尔·斯隆,他对自己的教学任务态度好像带点嘲弄和蔑视的味道,似乎感觉在自己的知识和能言说的东西之间有道如此深的壕沟,他不愿努力去接近它。

这段叙述颇有深意。教师,是一种相当考验心性的工作。当一个人周围遍布比他更为年轻的学生,他们总是要么比他更无知,要么更狂妄,这种情况下,他就很难保持一种既刚健向上又谦和自抑的健康心态。对此,列奥·施特劳斯曾提供过一个堪供所有教师参考的普遍策略,即,"总是假设你的班上有个沉默的学生,他无论在理智和性情上都远胜于你"。阿切尔·斯隆显然还不属于此种伟大的教师,但他比很多学院教授要好,因为他已经触碰到可教和不可教的界限,从自己所知到所能言说再到为学生所领会,他知晓这个过程存在大量的损耗和偏差,他自己无力解决,因为所谓啐啄同时,"教的困境"最终要依赖于"学的热望"。透过嘲弄和蔑视的态度,他期待发现那个可以自我逾越这些障碍的学生。

通过一首诗,他发现了斯通纳。在低沉柔和地背诵完莎士比亚十四行诗第七十三首之后,他问斯通纳:"这首十四行诗是什么意思?"这位教师把学生带到一首杰作的面前,让学生自己去面对它,这正是古典教育的方式,即用伟大的作品唤醒学生的内在意识,而非向学生灌输知识。果然,斯通纳被这首诗点亮了,仿佛盲目的人重获视力,他看见周围的光,"阳光从窗户里斜照进来,落在同学们的脸上,所以感觉光明好像是从他们自身散发出去的"。他看见一切之前被忽略的,包括自身看不见的正在无声流淌的血液,他的眼睛本身也被注入了光,"当他看到阿切尔·斯隆的身躯时感觉双眼上了层釉光"。他讲不出来。但教师已经看清了正在发生的这一切。

斯通纳的自我意识开始苏醒,这种"内在的人"的苏醒是和整个古典世界在他心中的复活同时展开的。作为一个中世纪文学的教授,小说作者约翰·威廉斯想必非常熟悉奥古斯丁和柏拉图,他们都曾谈及一种来自心灵内部的光，这种光，让一个人的心智呈现在自己面前，同时，也让整个过去从黑暗中一点点浮现出来。

有时，晚上在自己的阁楼房间，他正看书时会抬起头来，盯着房间那些黑乎乎的角落，在暗影的衬托下，灯光闪烁不定。如果盯的时间很长又太专注了，那片黑暗就会凝聚成一团亮光，它带着自己阅读的东西的那种无形的样式。他又会觉得自己走出时间之外，就像那天阿切尔·斯隆在课上跟他讲话的感觉。过去从它停留的那片黑暗中出来聚集在一起，死者自动站起来在他眼前复活了；过去和死者流进当下，走进活人中间。

这在小说中反复出现的光的意象，有另一个更为实际的名称，那就是"爱"。

5

临近毕业的时候，阿切尔·斯隆有一天把斯通纳叫到办公室去，指点给他一条看得见的道路：有鉴于他在文学课程上优良的成绩，他应该继续攻读文学硕士，然后边做助教边读博士学位，继而正式成为一名教师。斯通纳有一种被选中的惊喜，仿佛一条向上的道路正在向他开启，他唯一的疑惑在于，"为什么是我？"这是一个人面对幸福（而非不幸）时的正确态度。

"是因为爱，斯通纳先生。"斯隆兴奋地说，"你置身于爱中。事情就这么简单。"

"你置身于爱中"，一个人在爱的时候会有收不住的光，对此他自己欠缺经验无以名之，但那见过光的成年人一眼就可以辨认出来。在这里，我们可以听到柏拉图有关爱欲教诲的古老回声。爱让我们的眼睛转向光，被光照彻，同时意识到自身的匮乏，这种对于匮乏的认知，是教育得以开始的前提。同时，因为爱渴望在美中生育，所以教育不仅仅是自我完善，好的教师会通过两种方式寻找和培育他的学生，一种是实际生活中的对话和交流，一种是著述；而从学生的角度，如歌德所言，"我们只从我们所爱的人那里学习"。

但斯通纳暂时还不够成为一个好的教师，或者说，好的爱者。他暂时只是向书本学习。他置身其中的爱，仅仅是对于一个美好的文学世界的爱，以及，对于自我的爱，这种爱并没有回返和落脚到具体的他人的身上。他爱的，更多是自己身上被唤醒的某种可能性。这一点，从他对父母的关系就可以看出来，随着在学院任教的未来越来越确定，"他意识到，他和父母已经逐渐形同陌生人。他感觉自己的爱因为损失反而更强烈了"。这种爱，暂时只是一种相对封闭的爱，类似语法的逻辑，他暂时被这种爱所裹挟，并在其中如饥似渴地成长，如他所体会到的，所谓语法的逻辑如何渗透进语言并支撑人类的思想。

6

斯通纳是在成为大学讲师之后才拥有朋友的，那是他两个同时研究生毕业留校的同学，戴夫·马斯特斯和戈登·费奇。这看起来有些奇怪，人难道不应当是从记事开始就拥有朋友的吗？但假如我们把对"朋友"这个词的要求提高到一个层次,比如说,柏拉图《会饮篇》的层次,是在欢宴中依旧有能力进行严肃精神思考的朋友,抑或,像《斐多篇》那样,是在死亡的阴影下仍围成一圈探究智慧的朋友,我们或许就会释然,并记起《斯通纳》是一部只拣选最富教益部分的小说,它不是人生的还原,而是人生在经受省察之后的浓缩。在对朋友这个主题的探讨下,两个朋友,是最简化的形式,每个幸运的人一生至少应该拥有两个朋友,一个比自己更有才华,一个比自己更通世故。对斯通纳而言,马斯特斯和费奇,就是这样具有典范意味的朋友。

但戴夫·马斯特斯很快就战死在一战战场,这位更有才华的朋友的早逝对斯通纳影响巨大。在日后的岁月中,他时常会想起马斯特斯,并偶尔在人群中辨认出这位亡友的影子,但时过境迁,他已丧失了缔结新友谊所必需的属于年轻人的渴望和直率。一个人到了一定年纪没有朋友,就不会再有朋友,斯通纳无法从友爱的激荡中进一步学习爱,这是他生命中重要的缺失。

在马斯特斯活着的时候,他们之间有一场谈话,关于大学的本质——庇护所,关于他们每个人的本质——《李尔王》的暴风雨中躲在小茅屋里的"可怜又冰冷的汤姆"。这一部分可以看成一场被奥古斯丁思想洗礼过的斯多葛式占卜。一个人的命运可以被预言，但他并没有因此丧失偶然性和创造力，他依然拥有自由意志，因为正是这样属于他的自由意志引领他走向属于他自己的命定。他遂将生命视为一个有待实现的整体，这种实现与政治环境和物理世界无关，却又合乎自然本性。倘若这样的生命整体能够实现，用马斯特斯的话说，那就是"自然美德的胜利"（a triumph of nature virtue）。

接下来，这种"自我实现"立刻遭遇到的考验，是战争。

7

第一次世界大战爆发三年之后，美国宣布参战。斯通纳对这场发生在遥远欧陆的战争无感，"他发现自己内心并没有特别强烈的爱国主义情感，而且也无法促使自己去恨德国人"。

在每一次战后，我们都可以见到无数对于爱国主义和民族主义的反思,因为大多数人已经在战场失去了他们的亲人;但在每一次战前,这样的反思寥若晨星,并会立刻招致公众的怒火。人们害怕死亡,但更害怕被孤立,因为前者尚未到来或存在某种侥幸,但后者必然发生且就在眼前。在拜厄特描述一战前后的小说《孩子们的书》中有一个细节,一个刚满二十岁的男孩哈里迫切要参军,他没有对试图阻止他的父亲说"祖国需要我",而是说,"人们都在看着我,那些牺牲了儿子的人们在看着我。继续待在家里既不妥当也不舒服,村子和镇里已经没有像我这个年纪的男人了,我需要参军",他的父亲告诉他,战争不能解决任何问题,千万人只是无谓献出生命,"没有个人,只有群体和群众,不跟着群众奔跑是需要勇气的"。但儿子冷笑道,"我没有这么大的勇气"。

因此,像萧伯纳和罗素这样在战前就积极投身反战事业的知识分子,堪称勇者。某种程度上,斯通纳的老师阿切尔·斯隆也是其中一员,但他更为孤独,所以更容易被压垮。斯隆没有家人,也少有朋友,他厌恶战争,并厌恶这正在拥抱战争的世界,他将怀抱无处安放的热诚,在战后愤怒而寂寞地死去。而在此之前,当斯通纳怀揣困惑来

向斯隆询问时,斯隆在他这里看到过一点希望,斯隆提起了另一场战争,发生在美国本土的南北战争,

"当然,我记不得那场战争,我还很小。我也记不得父亲了,他在战争的第一年就被杀死了。但是我看到了后来发生的一切。一场战争不仅仅屠杀掉几千或者几万年轻人,它还屠戮掉一个民族心中的某种东西,这种东西永远不会失而复得。如果一个民族经历了太多的战争,很快,剩下的就全都是残暴者了,动物,那些我们——你和我以及其他像我们这样的人——在这种污秽中培养出的动物。"

作为中国读者,我们对这段话自当有更深切的体会。虽然有强制征兵,但斯通纳按照规定可以申请免征,因此,参军与否的选择权完全在于他自己。这又是一个精巧的设置,我们由此可以有机会看到某种古典思想的回声,它强调人身处十字路口时掌控自己命运的义务,迥异于日后我们熟悉的种种现代、后现代处境下的人的无助、妥协乃至绝望悲凉。斯隆对斯通纳说:

"你必须记着自己是什么人,你选择要成为什么人,记住你正在从事的东西的重要意义。"

斯通纳把自己关在房间里关了两天。他必须自己做出选择。这是他生命中要做出的第二次重大选择,第一次是选择留在大学而不是回家务农,但所有第一次的选择都带有某种偶然性,它更像是被选中,唯有第二次,才是真正意义上的选择。在此之后,他所做的一切,都只是在接受这种自我选择的检验,从婚姻、事业再到感情。

8

他们开始步入婚姻的纯真状态,不过是方式完全不同的纯真。两人都是处子,都意识到谁也没有经验,但是,一直在农场长大的斯通纳把生活的自然过程视为没什么大惊小怪的,而这些过程对伊迪丝来说却完全神秘和出乎意料。她对这些一无所知,内心有种东西不希望知道这些。

所以,像许多其他人那样,他们的蜜月很失败;

但他们心里并不承认这点,直到很久以后才认识到这种失败的滋味。

Innocent,一个威廉·布莱克使用过的、含义丰富的词,繁体版译者在这里译为"懵懂",突出其中"无知"的消极意味,可以作为"纯真"译法的补充。在斯通纳和伊迪丝的婚姻失败中,正如 innocent 这个词所揭示的,没有谁是有罪的一方。他们确实是自行决定进入婚姻之中的,在这桩婚姻中没有任何的交易、预谋抑或欺骗;他们也不是因为第三者的介入才发生情感危机,事实上他们在蜜月之后就意识到这失败。他们的"纯真"让他们一直认为可以挽救这婚姻,而他们的"纯真"也让他们一直停留在自我的世界中,他们挽救婚姻的极限方式就是彼此保持自我的克制,并期待对方的改变与解救,像两个无辜的睡美人。

他们两人性事的失败,与其说是整场婚姻失败的一个原因,不如说是一种象征。伊迪丝不愿意接受斯通纳的身体,换言之,她不愿意在他面前打开自己的身体,并拥抱一种无法忍受的差异。这种来自身体的诚实,是任何情感教育都无法阻止的。伊迪丝的身体告诉她,她根本不爱斯通纳,她之所以嫁给斯通纳只不过因为她像任何一个家教森严的小女孩那样渴望来自外部的爱,他恰好是第一个和她约会并向她求婚的男人。然而这种来自身体的提醒又是无法启齿的事情,这是她亲手铸就的婚姻,她不可能打碎它。她能够做的,就是一方面在床上"以某种熟悉的姿态朝两侧转着脑袋,把头埋在枕头里,强忍着侵犯",一方面,在婚姻世界中再搭建一个自我的小世界。而他呢,对此竟然无计可施,只是以一种牺牲者的姿态默默忍受情欲无法满足的痛苦。

只有一次,"她不爱他"这个真相在他们两人面前呈现过稍纵即逝的透明性。那是学院里新来的教授劳曼克思来家里做客那次。这是一个才华横溢却有点狂妄不羁的男人,有一点点小儿麻痹症的残疾,且因此有些孤高和难以接近,但长得很英俊,"那是一张会很受女性欢迎的明星脸,修长、尖削、情感丰富,轮廓深邃。他的额头高而窄,有青筋突出,熟透小麦般的金黄色浓密的卷发从发线笔直地往后梳拢成有点夸张的蓬巴杜发型"(此处从繁体版马耀民译本)。因为酒精的作用,他们那天聊到很晚,谈得很深,

临告别的时候,劳曼克思向伊迪丝致谢,感谢她举办这场宴会,

　　接着,好像是一时冲动,他略微弯了下腰,用自己的嘴唇碰了下伊迪丝的嘴唇。伊迪丝的手微微朝他的头发举过去,在别人的注视下他们这样持续了片刻。这是斯通纳见过的最纯洁的亲吻了,好像完全是天然浑成。

这个接吻的场景并没有后续。在小说的另外地方,作者暗示劳曼克斯可能是一位同性恋。但这个"最纯洁的亲吻"显然还是刺痛了斯通纳,而他对待痛苦的方式,依旧是防御性的,是默默收回了本来就所剩无几的、对于伊迪丝的感情,并且这次可以毫不愧疚了。

9

　　伊迪丝想要一个孩子。对于陷入僵局的婚姻,盼望一个新生命来填补(或修补)感情的空缺,是再自然不过的

事情。但女儿格蕾斯的到来，与其说是缓解，不如说是确认了"她不爱他"这个事实。她并非性冷淡，那两个月为了怀孕而疯狂交合的激情可以作证，但随后，一旦确认怀孕，她就再也无法忍受他的抚摸。

伊迪丝也一直是一个孩子。我觉得这是理解他们婚姻悲剧的一个关键。她从小一直是一个被宠爱者，欠缺爱的经验，结婚之后，她不爱斯通纳，做母亲之后，她也不爱自己的女儿，她依旧只是像孩子一样爱自己。这种单纯的自爱，有别于斯通纳那种对自身的拯救之爱。斯通纳知道，"他逐渐打造成型的是他自己，他要置于某种有序状态的是他自己，他想创造某种可能性的是他自己"。这种爱虽然是朝向自我的，但却是朝向一个已经对象化了的自我，它预设了一个来自更高处的目光，并努力向着这高处生长。某种程度上，这就是学者和艺术家之爱，它可以忍受孤独，甚至它需要孤独。但伊迪丝不同。她是一个无法忍受孤独的小女孩，却一直置身孤独之中。

有两种让人成长的经验，爱与死。伊迪丝无法从爱中长大，是父亲的死亡促使她做出某种改变。

在父亲的葬礼之后，伊迪丝向小女孩的自我告别。

她销毁了童年时代留下所有的东西,玩具、照片、书信还有礼物,"她有条不紊,无动于衷,既不生气也不高兴地把这些东西逐一放在这里,然后彻底捣坏",焚烧,然后从卫生间的水池里冲走。这段描写令人震动,令人体会到伊迪丝内心的痛苦,以及自我振作的决心。她改变了发型,学会化妆,抽烟,参加剧团,学习钢琴,后来又学习雕塑……斯通纳略带悲伤地看着这一切,并理解这一切:

> 最终,是他自己对伊迪丝选择的新的生活方向负有连带责任。他已经无法从他们一起的生活以及婚姻中为她找到任何意义。因此,对她来说去追寻在那些与他毫无关系的领域里自己能找到的意义,并且走上他无法追随的道路,就是合情合理的了。

对比斯通纳最初自我意识苏醒时的体验,他是在对自我的拯救之爱中走向过去,他看到"过去从它停留的那片黑暗中出来聚集在一起,死者自动站起来在他眼前复活了";但伊迪丝企图毁掉一切过去,仅仅从新事物、新朋友中找到生活的意义，虽然这或许也就是大多数普通人找寻意义的方式。

10

在格蕾斯六岁那年，斯通纳意识到两件事："开始知道格蕾斯在他生活中具有多么核心的重要地位；开始明白自己是有可能成为一名好老师的。"

这两件事的并列，意味深长。

我们早先曾谈到过斯通纳的那种"相对封闭的爱"，类似语法的逻辑，他企图在他自身和他所探究的文学事业之间达成某种自洽性，他付出一份辛劳，满足一定条件，随后收获一份心得。他曾经在和伊迪丝的婚姻关系中也企图应用这种自洽，但失败了，他的付出遭到冷遇，随后他迅速退缩。但在和女儿的愉快相处中，他感受内心涌出另一种全新的情感，那是一种完全不寻求回报的爱，一种完全利他的、无条件的、将自我抛诸脑后的爱。甚至，在女儿面前的这种源源不断倾泻而出的爱，本身就是巨大的回报和安慰。

他模模糊糊领悟到，存在一种爱，它让人心甘情愿地放弃自我，或者说，敞开自我。在课堂上，他开始抛开过去的羞怯，放弃在知识传授和目标反馈之间预设的冰冷对应，而是尽情展现自己对文学、语言以及心智神秘性等等美好事物的爱，像在格蕾斯面前那样。这爱或许是有些危险的，但这危险本身就构成爱的荣耀与尊严的一部分。"课后，学生们开始向他围拢过来。"

> 过去他仅仅是一位秉持书本为真理的人，现在他觉得他终于开始成为一位老师，他被赋予了文学艺术的尊严，而这份尊严与他作为人的愚蠢、懦弱或不足没有太大关系，这个领悟他不能明言，却改变了他，以至于这个改变让每个人都清楚看见其存在。
>
> （此处从繁体版马耀民译本）

这份尊严与爱有关。当年在英文系课堂上萌生的爱，曾帮助斯通纳从文学艺术中贪婪捕捉和吸收光；但今天，作为一位父亲被激发起的更为成熟的爱，令他本身正在不知不觉地成为光，充满自信，且饱含激情。而文学艺术的尊严正在于，它一直吸引那些最优秀的人走向它，而他们最终不是企图要从中获取什么，而是永远在想能否给予它一点新的什么，斯通纳似乎领悟到这横在所有艺术家和人文教师面前的，有关爱的律法。

11

斯通纳曾拒绝过一场战争，因为那场战争要保卫和要消灭的对象都太抽象和荒谬，以至于对他而言没有意义。但人生还终将会有新的、不可逃避的战争，它更微小、更与我们息息相关，它考验我们，并同时也开启有关生活的其他的可能性。斯通纳即将要面临两场战事，一个是来自家庭的，一个来自学院，他在其中的一场中迅速退缩，宣告投降；而在另外一场中，不屈不挠，终获胜利。但无论投降还是胜利，他都付出了惨重的代价。

长期无爱的婚姻让伊迪丝对斯通纳暗生恨意，而这恨意又因为斯通纳与女儿关系的亲密美好，而变成一种嫉妒。一个有教养的人可以控制内心的恨，但依旧很难控制嫉妒。她开始介入这父女关系之中，有计划地拆散他们，以一个母亲的名义，以顾惜丈夫工作的名义，将格蕾斯一点点纳入自己的领域。小说作者在此处展现的对于"家庭地狱"毛骨悚然的刻画能力，不免会令我们想起《金锁记》里的七巧和长安。家庭生活中没有大事，就是那些鸡毛蒜皮不足与外人道的小事，慢慢改变和扭曲一个人的感情，且是不可逆的。斯通纳很快就意识到伊迪丝的作为，但他的难过和愤懑，却不足以让他起身抵抗，相反，他眼睁睁地把那天性安静快乐的小女孩，放手交给一个精神已经略微不太正常的母亲管教，看着她一天天变得面目全非，变得神经质和抑郁孤僻，变得对他漠然和害怕，他却自己假装无事，只想着在阅读和写作中找到一个避难所。这是斯通纳生命中一次最不可令人原谅的行为。事实上，他参与毁掉了一个小女孩，一个他很清楚"属于那种极其稀有而且永远那么漂亮可爱的人类中的一员"。

但在另一个战场，他却变得异常勇敢。为了阻止一个浮夸懒惰、品质低劣的学生沃尔克获得学位，乃至进入学院体系，斯通纳不惜与即将成为顶头上司的系主任劳曼克思公开决裂，并甘愿承受随后种种报复性的课程安排和升职无望。他对打算来劝解他的朋友费奇，提及已经死去的

另一个朋友戴夫·马斯特斯,并说了一番无比动容的话:

"我们三个在一起的时候,他说——对那些贫困、残缺的人来说,大学就像一座避难所,一个远离世界的庇护所,但他不是指沃尔克。戴夫会认为沃尔克就是——就是外面那个世界。我们不能让他进来。因为我们这样做了,我们就变得像这个世界了,就像不真实的,就像……我们唯一的希望就是把他阻止在外。"

我们或许会记起斯通纳的朋友戴夫对他的预言,一个来自中西部本土的没有桑乔做伴的堂吉诃德。他是疯狂和勇敢的,又是无比怯懦的;他太固执、又太软弱。有些瞬间我们会觉得无话可说,仿佛身陷其中。

12

斯通纳还非常年轻的时候,认为爱情就是一种绝对的存在状态,在这种状态下,如果一个人挺幸运的话,可能会找到入口的路径。成熟后,他又认为爱情是一种虚幻宗教的天堂，人们应该怀着有趣的怀疑态度凝视它，带着一种温柔、熟悉的轻蔑，一种难为情的怀旧感。如今，到了中年，他开始知道，爱情既不是一种恩典（grace）状态，也非幻象（illusion）。他把爱情视为生成（becoming）的人类行为，一种一个瞬间接着一个瞬间，一天接一天，被意志、才智和心灵发明（invented）、修改的状态。

（据杨向荣译本，几个关键名词的译法略有改动）

在斯通纳和凯瑟琳短暂的婚外情故事中，有一些极其深刻的东西。这种深刻不单单来自他们遭遇的爱情本身，还来自他们对这种爱情遭遇的认识，以及这种在爱与认识之间所发生的、时时刻刻的深层互动。

恩典和幻象对立，抑或一体两面，一个相信恩典的人必然会在某个时刻愤而相信一切皆为幻象。过去文学中的爱情故事大多数都是恩典和幻象之间的左冲右突：恋人们得到了爱情，身处欣悦之中，随后又失去了它，或打碎了它，剩下性欲的残渣和一个半明半暗的旧梦。很多平庸的小说书写者常常将现实主义等同于"现实的恶"，倘若有所不安,他们会再增加一点"假想的善",但《斯通纳》的作者有能力去描绘那如西蒙娜·薇依所言的"让人耳目一新、为之惊叹并沉醉其中"的"现实的善",这是智者和哲人才有能力洞见到的善,或者,也可称之为爱。

这种爱,将打破恩典和幻象(神圣爱情和动物性欲)之间的非此即彼,因为它是生成性的,也就是说,是不断变化、永远处在进行中的。同时,它并非一种外在的赐予或收回,而是主体自身心智的认知、发明和不断修改,因此它必然也是等级性的,和主体品质息息相关的,像但丁为贝雅特丽齐所引领而迈入的天堂,你身处什么层次和程度,就能看见什么层次和程度的爱,而每个层次的爱都是崭新的。

> 威廉惊讶地得知她在他之前有过一个爱人,但他更震惊于自己的这种惊讶;他意识到,他开始认为他们两个人在交往之前都没有真正活过。
>
> (据马耀民译本,略有改动)

我们在这里看到一个不停反思自身的灵魂,他将自己的心灵当作一个需要不断感知和认识的对象,即便在爱中,这种"内心感知"也不曾停歇,也许还可以反过来说,正是最初被莎士比亚十四行诗所唤醒的爱,让他拥有了"内心感知",这种"内心感知"赋予他的生命以细腻和深度,也把这种细腻和深度赋予了这部作品,且随着他对爱的理解加深而愈发深邃细腻,并在他和凯瑟琳的爱情体验中达臻某种顶峰。

> 他们现在一起过的生活,以前谁都没有真正想象过。他们从激情中萌发,再到情欲,再到深情,这种深情在时时刻刻不断自我翻新着。
> "情欲和学问,"凯瑟琳曾经说,"真是全都有了,不是吗?"
> 在斯通纳看来,完全就是这样,这也是他业已学到的东西之一。
>
> (据杨向荣译本,略有改动)

这种"内心感知"遂与一般的意识流显然不同,它不是对于意识的耽溺,事实上,它是对于意识的意识,是消化、提炼和整理，是爱智慧。在很多第三人称小说中，由那个全知叙述者所承担的对主人公的分析、判断和思索工作，现在由主人公自己承担下来了，他甚至是因此而日渐驼背和沉默的。很可能，这便是这部小说给我们造成的奇异美感的由来。

13

情欲与学问。这种在现代小说中少见的并列，会让我们想到帕斯卡尔在《论爱的激情》中的断言，"爱即理性"。就像危险让一个头脑正常的人瞬间清楚自己的位置和命运，那些深陷于爱中的恋人，其实比任何旁观者都更清醒。所谓"爱的盲目和疯狂"大多数情况下只是一种市民阶层被爱情小说影响之后相互默认的事后托辞，他们不愿或害怕为逾界行动承担责任，遂归罪于爱。爱让人进入一个新世界，被阻拦在这个世界之外的人自然对之难以理解，这也就是为什么一个书斋学者或艺术家也容易被世人视为疯子。对于难以理解的事情，人们或将之视为疯狂，或者，就将之解释为某种他们能够理解之物，也就是说，将之庸俗化为各种成见和观念。而小说家的要义，绝非迎合顺应这种成见和观念，按照新闻报道和传言轶事去理解人和现实，恰恰相反，小说家就是要去走近那些在局外人看来难以理解之事，认识它们，而非解释或改变它们，也就是说，去忍受人类所无法忍受的、更多的真实。小说大多数情况下确实是在致力描写市民阶层的人性，但小说家自己却不能只是一个市侩，他至少应当是一个爱者，以及，一位不错的学者。

假如说，斯隆让斯通纳意识到对自我的拯救之爱；伊迪丝让他最初感受到爱情，虽然这爱情由于更多表现为一种占有性的情感而依旧指向自身；格蕾斯第一次让斯通纳认识到一种超越自身的、利他的爱，这种爱让他可能成为一名光彩夺目的教师；那么，凯瑟琳则让他完全迈入一个崭新的世界，一个不被成见充斥、唯有爱者才能发现的生成性的真实世界，一个由他们各自最好部分相互构成的、比外部现实世界更为美丽的世界。也因为如此，在有了诸如此类的爱的认识之后，斯通纳随后对于凯瑟琳决然的放弃，更令我们不堪忍受，耿耿于怀，我们想起了他之前对于格蕾斯的放弃，以及再之前对于父母、恩师和妻子的冷淡自私。

我们隐隐约约期待他被激情裹挟、哪怕做出种种不当行为、背叛或被背叛、主动伤害他人或被他人伤害，乃至于毁灭。他爱过，见识了爱的存在，为之赞叹，却没有变化，没有变得更好也没有变得更糟。这让我们大感意外，不同于我们过去所受到的诸多爱的教导，乃至文学的教导。

他让我们觉得不安。但假如让其他小说家来代替约翰·威廉斯重写这部小说的后半部分，我不敢肯定就有人可以做得更好。比如说，让凯瑟琳突然死去，不管用什么办法，车祸或者一场急病，这就是帕慕克在《纯真博物馆》里和格雷厄姆·格林在《恋情的终结》中干过的事，虽然催人泪下，却实在太像一桩娴熟的文学伎俩；或者，死的是斯通纳，像格林《问题的核心》那样，男主人公在爱和怜悯的两难处境中自我了断；或者让斯通纳和凯瑟琳双双殉情，像渡边淳一《失乐园》一样，华美凄惨；又或者如《廊桥遗梦》，永不再见，让后半生在矢志不渝的怀念中度过，如《半生缘》，安排一场很多年后的重逢，促席说彼平生；要么，让斯通纳从此发愤成为一个作家，把心碎的爱情写成传奇，像杜拉斯的《情人》；还有三种可能性，一种是斯通纳自己独自离家出走,最终成为一个艺术家,如毛姆《月亮与六便士》,一种是结合即将到来的二战,让斯通纳和凯瑟琳借着大时代的混乱结合一段时间,然后被命运的力量再逼迫分手,类似《日瓦戈医生》,以及,如同契诃夫《带小狗的女人》那般,在无法解决的地方戛然而止(但这似乎不符合长篇小说的需求)……

这些可能发生的故事,也许每一个都比《斯通纳》更动人,但我不敢说,就比《斯通纳》更深刻。我不会爱斯通纳,因为他道德上的自私和志业上的无所作为;而读完全书,我也很难对他产生怜悯和同情,因为他并不显得比我们更低级和无助,也不身负所谓"无知之恶",他甚至并非我们中的一员。事实上,他更像是作者照着某种斯多葛派哲学思想虚构出来的范本,威廉斯在献辞里所说的"虚构"可能主要是指这种思想的虚构。斯通纳有着人类最大公约数般的普通生活样态,却怀揣哲人般的思与反思的能力,因此这部小说似乎就成为一种对于人类生活极其精确的现象学考察。

而这种精确性,可能是作为小说家的约翰·威廉斯最终令人赞叹之处。我们会想起他在《斯通纳》之前的那部详述猎杀野牛群全过程的小说《屠夫十字镇》，朱利安·巴恩斯读完之后赞叹说，"如果给我一把尖刀、一匹马、一根绳子，我就能剥了一头野牛的皮"，同样，当我们读完《斯通纳》，对于人类"爱的秩序"我们也可以娓娓道来，虽然，在每一个十字路口，我们都需要重新作出抉择。

尽头与开端

"艺术属于世界的尽头,"布朗肖说,"只能从再无艺术也无法产生艺术的地方开始。"这句话的要义,在于"尽头"。如果你是个艺术家,你得先独自找到那个过去的和现存的世界,独自走到它的尽头,然后才能找到你自己,也就是说,在世界的边缘形成作为艺术家的你自己,和一个唯独属于你的开端,随后,这个世界因为你和你的开端,又拓展了一点点。过去几十年的中国小说对小说艺术的误解在于,小说家们以为开端是和人分离的,是可以轻易复制和拿来的,像游戏中的通关密码,获取之后可以轻易地进入下一关,把其他人甩在身后。所以,《百年孤独》的开头哺育了那么多先锋小说家。"原来小说还可以这样写。"

这是很多中国小说家看到一部西方新小说时的感受，他们仿佛在瞬间就汲取到了另一位艺术家的精华，学会吸星大法是他们隐而不宣的梦想。

"现在回想起来，简直难以相信我已经浪费了那么多时间，在把自己弄得筋疲力尽的时候才要去开始对 D. H. 劳伦斯的研究。"这是杰夫·戴尔小说《一怒之下》的开头。这句话的要义，是"筋疲力尽"。这筋疲力尽，不仅仅是那种肤浅的文人式的自我折磨、拖延症和选择焦虑，虽然看上去这样的自我折磨、拖延症和选择焦虑充斥在这本书的字里行间，以至于似乎变成了某种令读者很容易厌烦却令某些写作者感到亲切易学的"杰夫·戴尔风格"。这筋疲力尽，如果我们读完全书，乃至再重读一遍，就会发现，它更多是出自对研究对象的穷尽式的研究与探索。

他要写一本关于 D. H. 劳伦斯的书，他就要走到 D. H. 劳伦斯的世界的尽头。他要了解一切和劳伦斯有关之物，好的和坏的，但不意味着他要事无巨细地写出这一切，因为已经有那么多的劳伦斯传记和劳伦斯研究，而他必须去读他们，至少要了解他们，由此知道哪些是可以不必再写的，好的或坏的。像一切艺术家那样，他需要一个新的开端，但这个开端，只有在他自己走到旧世界的尽头，在筋疲力尽的时候，才有可能会呈现。

他在书中痛斥那些糟糕学者，"成千上万的学者在忙着杀戮他们所接触的一切"，他们根本不理解文学，"绝大多数学者写的书，是对文学的犯罪"。但这种痛斥，并不意味着走向这个时代流行的反智。反智和糟糕学者是一体两面的共生之物，是愚昧的两种表现形式。一个写作者，首先是一位大剂量的阅读者和吸收者，只不过这是一种自我教育式的阅读和吸收。"他像维多利亚时代的伟大学者那样阅读、写作，好像一年能吸纳一百年的阅读、思考和研究量。我经常感到不解的是，我们这一代人究竟怎么了，我们吸收的东西竟少得如此可怜。"A. S. 拜厄特在她的《传记作家的传记：一部小说》中借主人公之口如是说道。拜厄特在这部小说中虚构了一位身陷学院丛林中的博士生纳森，他对所钻研的种种后现代文学理论深感厌倦，他想过一种充满事物的生活，"充满各种事实"。他的一位老师建议他去研究斯科尔斯，这位传记作家写出了有关博物学者埃尔默·博尔的传记杰作。于是，纳森去读斯科尔斯关于博尔的书，他被迷住了，于是他再越过斯科尔斯去读博尔，再去读博尔所致力的博物学领域的其他著作，与此同时，他一步步通过斯科尔斯留下的诸多研究资料卡片去接近斯科尔斯本人乃至斯科尔斯感兴趣的诸领域，从植物学、进化论到戏剧写作，当然，还包括研究对象生活过的那些地方。他在这样的探索过程中恢复生活的元气，体验不同的性和爱，并认识自我。

这种对于他者和未知领域的探寻，在穷尽一切和吸纳一切后见到那个立在边缘处的自我，几乎也就是杰夫·戴尔在探究劳伦斯的过程中所做的事。拜厄特在书名中特意标注出"小说"的字样，杰夫·戴尔也愿意将《一怒之下》视为小说。因为，一方面，"对艺术最好的解读是艺术"，杰夫·戴尔在书中援引乔治·斯坦纳的话，这同样是一位学者。事实上，正如华莱士·史蒂文斯所指出的，"诗歌是学者的艺术"，同样，小说也是学者的艺术，进而一切艺术都首先是学者的艺术。所有已发生过并保存下来的文明构成屹立在我们活人面前的学识大厦，而艺术，是对这座学识大厦的消化、转换、增添而非排斥。只有糟糕的庸常的学者才被冠以学院派的标签，就像只有生产不出好作品的作者才被称为文艺青年一样。

而另一方面，唯有被称作小说，才得以构成对于既有小说的有力反驳。正是对小说这种文体的忠诚，让每一代杰出的小说家都会起身反抗那种已经成为既定套路的小说模式，并从前辈杰出小说家的类似反抗中找到激励。比如杰夫·戴尔提到的米兰·昆德拉对于拉伯雷和斯特恩的垂青，又比如他本人对于 D. H. 劳伦斯的心追手摩，"读劳伦斯小说的兴奋来源于我们在感受着这种文学形式的潜力如何被扩张、前进，那种感觉如今在我们读当代小说时几乎荡然无存"。

在劳伦斯那里，学识洞见和文学表达是一体的，在相互斗争中绞在一处。这位盗版书摊上的色情小说作家，是二十世纪最具原创力的批评家之一，凭借他的《托马斯·哈代研究》和《美国经典文学研究》。弗兰克·克默德，另一位英国学者，在他的《劳伦斯》一书中说，在劳伦斯的每一部小说中，艺术和哲学都在新的条件下相遇，其中，"哲学与生活搏斗着，哲学被嘲弄，被扭曲，最终被改变为某种意料不到的东西"。劳伦斯的小说中掺杂大量文论，而他的文论中充满了形象和人。在写完《恋爱中的女人》之后，劳伦斯对默里说，虚构小说不再使他感兴趣了，因为"没有人就没有小说……而我烦透了人类和人干的那些事。我只为超越人性的思想而感到欣喜",然而,克默德同时也看到,在劳伦斯的作品中,"这个理论若要有力,就不能主题先行。读者所领会的一切不可能来源于预先确定的哲学或宗教,而应该来源于他所融入作品的并且给人益处的不稳定感。达到这一点所要付出的劳动是巨大的"。

要超越,也就是要先走到尽头,在劳伦斯那里,就是先彻底理解男人和女人的现有关系,才有寻求精神再生的可能。而在杰夫·戴尔这里,就是先彻底理解劳伦斯汹涌不息的怒火。《一怒之下》的英文原名是 *Out of Sheer Rage*,中译没有表达出 out of 的超越感,是有些遗憾的。在书中那些怒气冲冲的饶舌叙述背后,是一位博学、冷静的作者,他体验和感受一切在劳伦斯身上发生的事情,劳伦斯那永远不安的心灵,对于不确定性的追求,对边缘的向往,"人们只有离开才能永恒回归",以及,对于一切真正热爱之物的不懈追求,"以我所见这正是他的核心:他总是投入到所做的事情当中,能够完全地沉浸在当下正在做的事情当中",这种追求又出自对于命运的体认……进而,劳伦斯那斗士般的性格,他的焦虑、烦躁、抱怨从另一方面构成了他的生命激情。

"所有的真理——真正的活着是唯一的真理——都存在于斗争和拒绝中。没有什么是批发来的。真理的问题是：我们怎么样能够活得最深刻？而答案每次都不一样"。这对我来说是劳伦斯对他的思想和生活充满多变因素及矛盾之举的最佳总结。

答案之所以每次都不一样，是因为我们一直在变化当中，这种"不一样"，是对变化的忠实，并诉诸于个人的感受力和智性想象，向着边界处。

我们已经在那本关于爵士乐的杰作《然而，很美》中体验过杰夫·戴尔超常的感受力，他可以把每种难以言传的音乐特质转化成文字。他写切特·贝克的小号，"切特不把自己的任何东西放进他的音乐，因此，他的演奏才会有那种凄婉。他吹出的音乐感觉仿佛被他抛弃了。那些老情歌和经典曲目，会得到他绵绵不绝的爱抚，但不会有任何结果"；又比如写瑟隆尼斯·蒙克的钢琴，"他弹出的每个音符都像被上个音符吓了一跳，似乎他的手指在琴键上每触碰一下都是在纠正一个错误,而这一触碰相应地又变成一个新的要被纠正的错误,所以本来要结束的曲子从不能真正结束"……诸如此类。而《一怒之下》中,同样也充满了这样才华横溢的感受力的盛宴,同样,也在辛劳地针对所研究对象的穷尽式钻研之后。

因此,当他在谈论劳伦斯的过程中忽然说,"劳伦斯曾说人通过写作摆脱了疾病;我想说人通过写作摆脱了兴趣。一旦我完成了这本关于、依赖于劳伦斯的书,我将对他丝毫没有兴趣了。一个人开始写某本书是因为对某个主题感兴趣;一个人写完这本书是为了对这个主题不再感兴趣;书本身便是这种转化的一个记录"。我想,这并不是什么特立独行的"杰夫·戴尔定理",这是所有严肃艺术家最终都会触碰到的真理,他的一切都出自爱,这爱犹如烈火,将耗尽他本人也耗尽他所爱的对象。随后,他将重新出发。

文学与生命

《巴黎评论·作家访谈 I》收录了十六位名作家的访谈，我最喜欢的，是欧内斯特·海明威的那篇。

访谈是从一个直接且根本的问题开始的，"真动笔的时候是非常快乐的吗？"海明威回答："非常。"接下来，则是《巴黎评论》的保留问题，询问作家的写作习惯。海明威的回答我并不陌生，因为之前读过他的回忆录《流动的盛宴》，他每天一大早开始写作，"清凉的早上，有时会冷，写着写着就暖和起来。写好的部分通读一下，以便知道接下来会发生什么、会写什么，写到自己还有元气、知道下面该怎么写的时候停笔，第二天再去碰它。"这一点，我觉得是对写作者最有用的忠告，倘若现代以来的写作有些时候不可避免地要成为一场场对生命的消耗,那么,写作者必须懂得生生不息的道理,否则,他很快就会掏空自己,并毁坏自己。

又谈及写作环境的影响,海明威说:"我能在各种环境下工作,只有电话和访客会打扰我写作。"采访者又接着问:"要写得好是否必须情绪稳定?你跟我说过,你只有恋爱的时候才写得好,你能就此多说几句吗?"海明威回答:"好一个问题。不过,我试着得一个满分。只要别人不打扰你,随你一个人去写,你任何时候都能写,或者你狠狠心就能做到。但最好的写作注定来自你爱的时候。"我非常喜欢这样的回答,其中有一种斯多葛式的坚定,相信人是独立于命运和环境的,相信外在人事都不能作为自我损坏的借口,能损坏自己的只有自己。"最好的写作注定来自你爱的时候",这句话可以和罗兰·巴特的另一句话对读,"我写作是为了被爱:被某个人,某个遥远的人所爱",他们都是最好的作家,深知人世间的悲苦都必须在写作中转化成爱,才有意义。

海明威是一个挑剔的访谈对象,他不停地对所提出的问题加以评估:好一个问题,严肃的好问题,明智的问题,长效的累人问题，奇怪的问题……在被问及记者经历对作家的影响时，他先是试着回答了几句，然后不客气地否定道："这是最无聊的老生常谈，我感到抱歉，但是，你要是问别人陈旧而扯淡的问题，就会得到陈旧而扯淡的回答。"在另一个时刻，他又说："我中断自己认真的工作来回答你这些问题，足以证明我蠢得应该被判以重刑了。别担心，接着来。"

种种这些，在访谈中都被保留下来，这让我对采访者顿生敬意，又重新去看访谈前的印象记，是这本书诸多印象记中最细致深入的一篇，几乎本身已是很好的文章，在它的最后，我看到原来署的是乔治·普林敦的名字。乔治·普林敦对于中国读者，似乎还是比较陌生，但在美国他实际上已成为家喻户晓的传奇。前几年，他的传记出版，《三联生活周刊》的贝小戎写过一篇内容丰富的绍介短文，里面引用《纽约时报》的赞词："就真实生活来说，普林敦非常杰出。家境好，有教养，有四个孩子，见过伟人和天才，他是我们的理想生活的缩影。他跟世界上最优秀的网球、橄榄球、曲棍球、棒球选手过过招，他帮助创建了公民新闻这一新的报道形式。他是诺曼·梅勒、戈尔·维达尔的好友，跟海明威在卡斯特罗革命之后的哈瓦那一起喝过酒。他还照料着著名的文学季刊《巴黎评论》……普林敦曾经感叹他没有写出一部伟大的美国小说，但他创造出了同样有价值的东西：一个伟大的美国品格。"

在普林敦身上，有一种对昙花一现般灿烂生命的不懈追求，这种追求，同样属于海明威，甚至，属于每一位认真苛刻的写作者，他们希望自己写下的每一篇文字，都不是一种数量上的累积，而是一次次全新的盛开。最近《老人与海》的张爱玲译本在内地出版，在"译者序"中，张爱玲说："《老人与海》里面的老渔人自己认为他以前的成就都不算，他必须一次又一次重新证明他的能力，我觉得这两句话非常沉痛，仿佛是海明威在说他自己。"我读到这里的时候也很沉痛，仿佛张爱玲在说她自己。

大概也只有乔治·普林敦这样的人，才有资格采访海明威，才有能力承受伟人和天才裹挟而来的强力，并让其愿意说出一些诚实有益的话。同样在这本书中，厄普代克宣称，"访谈本质上都是虚假的"，我想假如采访者与被访者处在一个不对等的地位之时，厄普代克的话是对的，但普林敦和海明威的访谈是一个例外，这是一场势均力敌的较量，是加西亚·马尔克斯在那篇回忆海明威的动人文章中所指出的，一次历史性的访谈。

当然，这并不意味着这本书里其余的访谈就失去意义，相反，它们或多或少都让我受益。比如亨利·米勒精彩绝伦的认识："写作的过程中，一个人是在拼命地把未知的那部分自己掏出来。"又比如加西亚·马尔克斯对所谓魔幻现实主义的看法："很多人认为我是一个写魔幻小说的作家，而实际上我是一个非常现实的人，写的是我所认为的真正的社会主义现实主义。"还有帕慕克的勤奋，他一天工作十小时："我喜欢坐在桌子前，就如同孩子在玩玩具一样。我是在做事，可这也是玩，也是在游戏。"以及埃科对时间的洞察："我一直说我善于利用空隙。原子与原子之间，电子和电子之间，存在很大空间，如果我们缩减宇宙，去除中间所有的空隙，整个宇宙可能压缩成一个球。我们的生活充满空隙。"……

《巴黎评论》的作家访谈最为诱人之处在于，很多时候，它关心的与其说是文学，毋宁说是写作，甚至更准确的表述，是文学写作与写作者生命之间的关系。从这个意义上来讲，关于米兰·昆德拉的和关于保罗·奥斯特的访谈，是这本书里为数不多的糟糕访谈，因为它们都偏离了《巴黎评论》作家访谈的核心理念。或是屈从于被访者的压力（昆德拉那篇），或者出自采访者的虚荣（奥斯特那篇），这两篇访谈都不再关心写作与生命的关系，而是纠缠于作家完成的作品之中，而说到对作品的谈论，正如几乎所有作家都无视批评家的存在一样，对我这样希望通过文学作品获得某种震动而非论文素材的普通读者来说，作家本人的看法其实也并不重要。

文学是怎么回事？有人就这个问题去请教弗吉尼亚·伍尔芙，她回答道："谁跟您谈论文学？作家不会谈，他关心的是其他事情。"这段轶事，我是从德勒兹晚年的杰作《批评与临床》中看到的，在引用伍尔芙之前，他讲："文学的目标在于：生命在构成理念的言语活动中的旅程。"作家最希望和最有资格讲述和谈论的，不是完成的作品，而是这场永不完成的"在构成理念的言语活动中的旅程"，这是文学的目标，同样也是好的作家访谈应有的目标，而在大多数时候，这样的目标，唯有《巴黎评论》才得以完成。

如何观看科塔萨尔

《克罗诺皮奥与法玛的故事》中提到一种叫作卡索阿尔的动物,"卡索阿尔所做的第一件事就是盯着人看,态度高傲而多疑。一动不动只是观看,观看的方式如此强力而持久,仿佛在将我们发明出来,仿佛费了很大力气使我们从空无里,从卡索阿尔的世界里浮现,使我们出现在它面前,这一切都发生在观看它的神秘行为中"。

这种卡索阿尔式的观看,也就是科塔萨尔作为小说家的观看,而我们这些读者,如何承受这种"强力而持久地仿佛要将我们重新发明出来"的观看,在观看科塔萨尔的神秘行为中。

诸如"幻想""游戏"之类的模糊描述,并不足以让科塔萨尔从我们的观看中浮现出来,相反,这只能令科塔萨尔逃遁,如卡索阿尔般解体剥落,"化作翡翠,阴影与希望之石"。年轻的写作者如卡索阿尔的看守般贪婪攫取这宝石,模仿《饭后》或《美西螈》的时间游戏与身份幻想,喃喃地以克罗洛皮奥自居,吞咽《给巴黎一位小姐的信》中不断被吐出的兔子……希望以此获得技艺的魔法,最终,却成为被小说工会解雇的人。这种发生在杰出小说家和他的热爱者之间的双重悲剧,小说家本人早有预见却无能为力。"在发生了这双重悲剧之后,关于卡索阿尔我们还有什么可说的呢?"

那些就某个事物展开讨论的人们以为在讨论同一件事物,其实并非如此。名词都是一些所指不明的华美面纱,遮掩人的无知与孤独,科塔萨尔为此有言,"及物动词中包罗万象",类似幻想和游戏这样的词语在科塔萨尔这里都不是标签式的名词,而是及物动词。具体而言,幻想,对科塔萨尔来说至少可以分解成围绕一件事物展开的四种具体行动,即抽象、推演、关联和移情。

抽象,意味着有能力将任意一种事物从外部世界剥离出来,单独赋予它主体的地位,比如将耳朵从人身上剥离出来,想象五百只耳朵在食堂用餐,"不时能看到一对耳朵反向而行,好像翅膀一样";又比如选择纽扣,"电梯里的饱和情景难以形诸笔墨:在一根不可思议的晶状体圆筒中,数百粒纽扣静止不动,或者微微移动"(《抽象的可能性》)。

《头发的失而复得》,设想将一根打了结的头发落入洗手池的下水孔,然后,想办法找回这根独一无二的头发。为此可能需要打碎楼内所有陌生房间的下水管道,进而一步步沿着下水道走遍城市,直至河流的入口。这是一种简单的逻辑推演能力,而正是借助这种能力,我们常常可以从任何一件微不足道的陈旧事物出发,抵达一个全新世界。

一样事物,并不存在唯一的本质或意义,它往往是在和其他事物乃至和人的动态关系中呈现它自身的不同面目。比如一张日报,它被购买的时候是一份报纸,被看完遗弃在广场长椅上就成了一沓印着字的纸,如果被人重新拾起阅读,又成了报纸,随后,倘若一个路过的老妇人读完它又放下它随后又用它包裹刚买的蔬菜,这张日报就会在瞬间呈现出三种不同的形态(《日报一日》)。

一样事物,在抽象、推演和关联中被我们想象,依旧还不同于我们想象自己成为这件事物,这就是移情,一种属于人类的基本能力。《美西螈》中的观看者渐渐变化成那被观看的蝶螈，而在《地理学》中，我们看到从蚂蚁的角度重新撰写的地理学著作……

我们如是把科塔萨尔的幻想拆解，就会发现它并没有那么神秘，甚至，它与现代数学与物理学的思维方式是一致的（在《跳房子》中科塔萨尔对海森堡和维特根斯坦都有指涉）。从《被占的宅子》所收入的三部早期短篇作品集中，还可以明显看到博尔赫斯的影响，科塔萨尔吸收了博尔赫斯那种迷宫与镜子隐喻背后的基于数理思维的想象力，同时，他更倾向于一种诗性思维的想象，虽然，这种诗性并没有离开博尔赫斯所描述的诗性范畴，即"生命的每一个瞬间，每一件事情都应该是富有诗意的，因为其本质就是如此"。在科塔萨尔那里，不同于他的模仿者，所谓幻想只是一种基本推动力，而最终填满其小说世界的，是丰饶无尽的生命细节，如同《彼岸》的开篇所言，"这空间，一下子，张张扬扬地，被她的美貌填得满满当当"。

至于科塔萨尔式的小说游戏，大概没有什么比《游戏的终结》这篇小说本身更能体现其内核。游戏，这个词首先意味的不是放纵或胡闹，而是规则。任何游戏都首先是游戏规则的发明。而孩童之所以在游戏上胜过成人,就在于他们擅长发明新的游戏规则。在《游戏的终结》中,莱蒂西亚发明了一种游戏规则,就是在铁轨旁扮演雕像,通过呼啸而过的列车旅客的反应来评判谁的扮演更成功。此外,每种游戏的魅力,都在于它能否始终滋生新鲜感。孩童擅长发明新游戏,但同时也擅长厌倦,在莱蒂西亚发明的雕像游戏中,维持新鲜感的方式,是依靠那些完全偶然和不确定的旁观者,他们不可预估的反应成为这个游戏的一部分。因为莱蒂西亚患有麻痹症,背脊僵直,脖子无法转动,这些常人的缺陷恰恰在扮雕像游戏中成为优势,也就是说,由于这种规则发明是基于莱蒂西亚对自身局限的认识,发明者遂秘密地成为这个游戏规则的获益者。但更微妙之处在于,作为游戏伙伴的"我"和奥兰达,并非对个中奥秘一无所知,然而他们依旧怀着极大的热情参与其中,出于一种超越自身的对于莱蒂西亚的同情与爱。

于是,严谨的规则与恒久的新鲜,玩游戏者与观看者共同组成更完整的游戏,对于自身的幽暗认知和对于他人的隐秘之爱,种种这些,缠绕在这篇讲述孩童游戏的小说中,也构成了科塔萨尔对于小说这种游戏的诗性理解。

这种诗性，既是确切具体的，又指向一种对于二元对立的超越，一种"非此非彼"的创造。如《跳房子》的三部分标题名所暗示的："在那边""在这边""在其他地方"，每个不写小说的普通人也都可以有诸如现实和虚构、此地和远方、精神与物质、是与非之类的二元想象，但将小说家们彼此区分开来的，不是从"这边"到"那边"的距离，而是对于"其他地方"的不同探索。小说家不断意识到新的维度，他不仅创造一个游戏，还创造游戏者，进而创造游戏的观看者，以及，对于观看者的观看……

> 不要把叙事文学当作传达信息的借口。信息并不存在，只存在传达信息的人，这才是信息，就像只有爱的人，才有爱情一样。
>
> 　　　　　　　　　　　　　　　　　　　　（《跳房子·79》）

而要理解这一切，理解在所谓幻想和游戏的标签背后一个艺术家的严肃追求，在观看科塔萨尔的过程中承受住科塔萨尔对我们的观看，就需要将科塔萨尔的作品做一个整体性的把握。在这个意义上，有两本写于科塔萨尔盛年的著作，那本极厚的《跳房子》（一种炽热的加法训练），和那本极薄的《克罗诺皮奥与法玛的故事》（一种冰冷的减法训练），堪可视作椭圆的两个焦点，而科塔萨尔众多风格各异的短篇小说，就仿佛围绕这椭圆焦点快速旋转的星丛。

重读《雪国》

　　单就小说技术层面而言，《雪国》似乎已经不太能提供什么新鲜的养分给今天的小说读者和书写者。川端康成当年令人惊艳的诸种技艺，比如将眼前的具象和过去的回忆反复剪辑组合的意识流手法，自然风物、传统民俗和主观感觉的交相铺陈，以及男女主人公在孤立空间中暗藏玄机的对话与幽微入骨的心理描写，在经过了大半个世纪或显或隐的效仿与追摹之后，如今正泛滥在每一个小说初学者的文本中，并构成当下短篇小说日用而不知的庸常。

　　但《雪国》的故事本身依旧有某种直见性命的力量，尤其对于已度过作者写作《雪国》年纪的我而言，重读《雪国》，就是重新穿过某个长长的隧道，然后看到夜空下白茫茫雪地中曾伫立过的不灭的美。

"我是睁着眼睛走进这一场恋爱的，我知道它终有一天会结束。""你不用这么害怕。爱不会终结，不会因为我们彼此不见面。"格雷厄姆·格林在《恋情的终结》中安排他笔下的男女主人公如是说。而在《雪国》中，岛村和驹子似乎也正是这样各自睁着眼睛踏进他们的命运。

驹子和岛村第一次见面是在初夏，她给岛村的第一印象，是"出奇的洁净"，但岛村的第一反应却是怀疑自己的眼睛，之所以看到这样的洁净，"是不是由于刚看过初夏群山的缘故"。在这一句无与伦比的优美复杂的转喻中，我们看到爱正如何在某种不安中诞生。当然，对岛村这样的中年人而言，爱是很容易被感知的，所以有时候困难的不是如何表达或接受，而只是如何隐藏与回避，尤其，是看起来完全不会有结果的爱。岛村和驹子闲谈起来，忽然，又没头没脑地让驹子帮他去找个艺伎，这一方面似乎是在挑逗对方的心意；另一方面，又是某种不动声色的提前放弃，因为自惭形秽。

然而，在爱萌生羽翼的那一刻，理性的计算总会让位于感官的诚实。随之而来的年轻艺伎在岛村这里所激起的扫兴感，让他立刻再次意识到，他被驹子所隐隐唤起的欲念，并非突如其来单纯的性欲，而是从未有过的爱欲。正是这样的爱欲，而非婚姻，才能迫使一个人主动地保持忠贞。岛村慌忙把那位艺伎打发走，自己跑向旅馆后面的山，跑到筋疲力尽，再跑下山，正遇见立在杉树下含笑等待他的驹子。

这时他才发现，在山上待了七天，养精蓄锐，之所以想把过剩的精力一下子消耗掉，实在是因为他先就遇见了这个洁净的姑娘。

对此，驹子自然也有所感知。"两人之间感情的交流，和没有叫艺伎之前，已全然不同。"

但他们也只是安静地坐在河水边交谈，并在简短的交谈后陷入沉默，爱的天使在他们上空盘旋，等待他们有勇气踏出各自固有的生活。而这样的勇敢决断，最初往往来自女性。

那天夜里，驹子在醉酒后冲进岛村的房间，那一大段断断续续的融合着酒意和爱意、热情和挣扎的表白言辞精彩极了，以至于我会猜测，这样精彩的言辞绝非虚构所能完成，它一定在小说家的生活中真实地发生过，进而，它会一再地重现，在一代代爱的人们之间。但小说家的悲哀一如岛村的悲哀，他永远无法做到像驹子这般奋不顾身地投入，他的灵与肉每每是分离的，只不过，小说家令人赞叹的力量在于，他竟然能将这种男性的游离和女性的忘我同时不动声色地记录下来。

第二天一早，岛村就回东京了，仿佛遭遇到生命中某种不堪承受之物，落荒而逃。"一次不算数，一次就是从来没有。"这是昆德拉在《不能承受的生命之轻》中引用过的谚语。

所有的爱情故事，假如成其为故事，都是从第二次见面开始的。

> 滑雪季节之前，温泉旅馆里客人最少，岛村从室内温泉上来时，整个旅馆已睡得静悄悄的。在陈旧的走廊上，每走一步，便震得玻璃门轻轻作响。在长长的走廊那头，帐房的拐角处，一个女人长身玉立，和服的下摆拖在冰冷黑亮的地板上。

重读《雪国》

时隔半年多，新绿滴翠的初夏已换成冰天雪地的岁末，岛村再次从东京坐火车来到辽远的此地，他的确是专程前来看她的，但在没有重新见到她之前，他其实并不知道自己到底要来找寻的是什么。她是他在生活中缺失的那个部分。一个人无法清晰地讲出自己所没有的东西，他只能去体验。

与岛村相反，驹子从一开始就清楚地知道自己是在爱中。她在日记里记下最初的相见和思念，却也仅此而已，对驹子而言，岛村是与生活平行的那个部分。那些浪漫主义小说家认为爱是扰动生活这摊死水并使之向前的戏剧化力量，但《雪国》作者对此显然有更为严厉的认知，在《雪国》中，爱不曾改变任何既有的生活，充其量，它只是让生活变得更加容易忍受一些。

"记了又有什么用呢？"

"是没有什么用。"

"徒劳而已。"

"可不是。"她毫不介意，爽脆地答道。同时却目不转睛地盯着岛村。

在有关《雪国》的自述里，川端康成谈到驹子才是这部小说的中心，也承认确有其实际存在的原型。而正是这真实存在过的少女，以及在这少女生命中被小说家所目睹的、被爱所焕发的、稍纵即逝的纯真与热情，才构成这部小说不可磨灭的美。这种美超越任何小说的技法，并且会长久地存活下去。不管时代如何变化，每个遭遇过爱的人，仍旧可以从《雪国》中找到那个正在爱着的或被爱着的自己，而有所不同的，仅仅只是那些彼此之间唱过或听过的歌、那些在遇见对方之前所携带的往事，以及两个人此时此刻所置身的空间与季节。

驹子带岛村去看她住的地方，跟他讲自己的身世和往来应酬的客人，为他弹苦心练习的曲子，用心记住他的每一句话和随口说出的约定。她一直想念着他，可在见面时，当她对着他描述这份想念，又是害羞的，轻描淡写的：

"如果连着下几天，电线杆上的路灯都能给埋进雪里。走路时，要是想着你什么的，脖子会碰到电线给剐破。"

重读《雪国》

而当岛村对此的反应仅仅是逃避式的"雪真能积那么厚吗",她也毫不介意,只是继续描述那吸引男孩子们纵身跳入且游泳般划行其中的大雪。她唯一呈现出激烈的时刻,是当她在车站送别岛村之时,服侍她艺师病重之子行男的叶子姑娘突然前来唤她回去,说弥留之际的行男想见到她。她拒绝回去,尽管这是她青梅竹马一起长大的男孩,是她儿时被卖到东京时唯一送她的人,是厚厚的日记本里最早记下的人,是传说中的未婚夫,而她几个月前(就在第一次见到岛村后不久),之所以委身艺伎行业,也正是为了给这个病重的男孩支付高额的医药费。但她说,"不,我不愿意看着一个人死掉"。

这话听来,既像冷酷无情,又像充满炽烈的爱。岛村简直迷惑不解了。

驹子比岛村想象得要复杂。而《雪国》中确有诸多不曾讲清楚的故事,譬如在驹子、行男和叶子之间的故事,又如驹子和老家滨松那个男人的故事,以及驹子卖身为艺伎前后的故事。岛村企图通过这些在言谈间泄露出来的故事片断来拼凑出驹子这个人，这是每个普通人认识他人的方式，同时，却也是无效的方式。因为，要真正认识一个人，唯一的方式是认识这个人的爱，而非围绕他或者她的那些坊间故事。

岛村第三次来见驹子，是一年后的秋天。他这次逗留很久，直到初雪的日子。驹子几乎每天都来和他相会，即便是在应酬客人大醉之后也会习惯性地赶来，就好像第一次大醉后来见他的那个夜晚一样。她对他的感情毫无改变，哪怕他只是一年来一次，但他的感觉却似乎一天比一天淡薄，以至于他开始决意要尽快离开此地，并断绝这段关系。

小说写到这里，仿佛正滑向某种始乱终弃的俗套，末尾几节岛村对于叶子的越发注意和对于驹子的躲避，也似乎在印证这一点。"驹子的一切，岛村都能理解，而岛村的一切，驹子似乎毫无所知。驹子撞上一堵虚无的墙壁，那回声，岛村听来，如同雪花纷纷落在自己的心坎上。"但岛村真的理解驹子的一切了吗？一个丧失爱的能力的人是否真的能够理解一个爱者？或许，他之所以自以为了解她，只是因为她在爱着他罢了；而她要爱的只是眼前这个人，并不是围绕着他的一切。"你走了，我要正正经经地过日子了。"在预感到岛村即将永别之际,驹子所表现出的镇定洒脱又再度让岛村感到意外。

如果爱注定不能相等,借助奥登的诗句,那么驹子就始终是"爱得更多的那个人"。然而,与我们过往的文学经验相反,"爱得更多的那个人"并没有成为这篇小说的叙述者或作者,《雪国》并非由一个心碎的爱者所写下的追忆,而是来自一个无能力爱的被爱者的冷眼旁观,某些时刻,他以为这样的爱不过是宛如飞蛾扑火般的徒劳和虚无,但最终,他知晓这爱竟是有幸倾泻在自己身上的壮丽银河。他得以知晓,银河并不是专为某个人而出现的,同样也不会因为某个人就消失,它一直在那里,如同引领我们上升的永恒女性。《雪国》带给我们的不同于其他爱情小说的奇异感受,或许正由此而来。

埃兹拉·庞德

1

若干年以来,埃兹拉·庞德在汉语读者中基本是以如下面目存在的:关于地铁的两行诗的作者(虽然有无数译本),意象派的发起人(在文学史教科书中),中国古典诗的赞美者和重新发明者(同上),一位精力充沛的文学活动家(提携和赞助过艾略特和乔伊斯),一名亲墨索里尼分子,一个发疯的天才。

我并非有意忽视现有的诸多庞德诗歌的零散中译,但就像很多其他外国诗的译作一样,它们更多是作为文学史的佐证材料出现的,它们自己并没有生出翅膀。我有时会觉得，要准确感受一位其他语种的诗人，单靠原作和现有的翻译是徒劳的（除非是遇到一位同等强力的诗人译者，如穆旦译奥登），更有帮助的，是他本人谈论诗歌的散文著述（如果有的话），以及借助另一位和他同语种诗人的眼睛和耳朵。对于庞德，艾略特曾经称赞道："他是最有学问的诗人之一……一位诗人，只有在孜孜不倦地研习过秩序谨严的诗体以及多种格律系统之后，才可能写出庞德笔下那般的自由体诗篇……事实上，并不存在什么自由体诗与规则谨严的诗之分，庞德所拥有的只是一种来自苦练的高超技艺，致使形式成了本能，可以变通地服务于任何具体目的。"如今，庞德的诗学论著《阅读ABC》中译本的出版，会是一桩验证，它验证艾略特所言非虚，也验证了一桩必须被一再重复验证的古老真理，即唯有一个民族中最具教养的人，而非异类，才有资格被称作诗人。

《阅读ABC》中涉及大量的古典诗，从荷马到乔叟再到一些不知名的中世纪英语诗人，对庞德而言，这些过去的诗并非文学史意义上的存在，而是包含"某项对于词语表达艺术的确切贡献"。通过诗歌文本的呈现和并置，以最刻苦的方式去钻研和辨识这些有关词语表达的确切贡献，这是仿佛学童牙牙学语般的ABC进阶之路，却也是通往帕纳索斯山的唯一阶梯。

这本著作中的断言表述和教谕语调，或许会令一些人感到不快，使他们觉得受到冒犯。是的，有些人特别容易被冒犯，但本书并不是为这些过敏症患者所准备的，它是题献给"那些乐于学习的人"，他们和作者一样，只关心最紧要切身的事。像黑夜里有一个发光的球在手中，那些盯着它看的人只觉得刺目，而赶路者却因此振奋。

2

埃兹拉·庞德《阅读ABC》的译者陈东飚也是华莱士·史蒂文斯《最高虚构笔记》的译者，这是何等有意味的事。曾经在美国本土展开的庞德阵营和史蒂文斯阵营旷日持久的论战（这方面的文献具体可以参阅玛乔丽·佩罗夫的精彩论文《"庞德时代"还是"史蒂文斯时代"？》，收在蒋洪新、李春长编选的《庞德研究文集》里），似乎在翻译中就此得到和解，可以共同成为当代汉语诗学的营养。

然而倘若和解的基础是理解各自的差异，那么这种和解其实从来就不曾在我们身边发生过，发生的，仅仅是见木不见林的拿来主义。在庞德式的无比精确的意象，和史蒂文斯式的向着极限推进的想象之间，惯于从翻译文本中学习写诗的当代汉语诗人似乎并不觉得存在什么冲突。

唯有对照两人的文论著作，才会发现一个有趣且深刻的差异，被史蒂文斯提及的多半是学者，如柏拉图、帕斯卡、克罗齐、怀特海、威廉·詹姆斯等，而庞德的名单里则是另外一个序列：荷马、奥维德、普罗旺斯的行吟诗人、戈蒂埃和兰波……大体而言，在史蒂文斯那里，诗要抗衡的是哲学；而在庞德那里，诗最终是要和音乐相媲美。因为要抗衡哲学，诗人就要学习在孤寂中沉思，学习独力探寻真理、经历困境，并最终"学会和自己交谈"，走向创造性的"最高虚构"；因为要和音乐相媲美，诗人非得回到古老的人群中去，学习倾听万人的方言和过去的声音，"操千曲而后晓声"，甘心和反复于一切技艺的基础磨练，从"ABC"做起。这两条诗学之路，虽然充满对抗，但也并非水火不容，或者说，它们之间的对抗永远是阶段性的，而那些最杰出的诗人就是将这二者予以统摄的人。

存在于庞德和史蒂文斯之间的一个悖论是：庞德企图

成为更完整的古典意义上的诗人，他要让诗歌与现实世界的全部个人生活联系在一起，但他最后似乎成为一个现代疯子；而史蒂文斯预先将自我分裂成两块，上班族和现代诗人，他一直保持古典式的清醒。

大量的深陷于平庸工作事务中、且对古典传统相当隔膜的当代汉语诗人，正是在史蒂文斯而非庞德这里，才找到了渴盼已久的榜样慰藉和理论依傍。但某种史蒂文斯式的喃喃自语的回声，也随即充斥在汉语新诗之中。唯有对此种诗歌状况再度开始厌倦之际，庞德式的强健存在和随之而来的《阅读ABC》里面教官般的训喻，才有可能成为新一代汉语诗人的营养。

韦勒克在《近代文学批评史》第五卷中，一方面给予了作为批评家的庞德足够的篇幅，一方面也指责他的一些诗学思想"浅显而且往往是含混或非常笼统"。庞德著名的诗学三原则，"直接处理无论是主观还是客观的事物"，"绝对不用任何无助于呈现的词"，以及"用乐句的内在节奏而不是节拍器的机械节奏"，在韦勒克看来，"都很有道理，意味着摒弃维多利亚时代诗人的修辞和规则韵律，不过现今看来，无非是不言而喻的道理"。这种评价未免稍失公允，因为庞德的诗学是一种实践性的诗学，其要旨不在于原创理论深度而在于最大程度的简练、有效和不可逾越。正如艾略特所言，"庞德的文学评论通常都是间接为他的同行，为所有的英语写作者所作。但正因为他的评论针对的是作者，反而能令读者从中领略到一种独特永恒的价值。了解作者应做何种积累，进行哪些学习，以及应接受怎样的训练，我们从庞德那里学会通过这些来欣赏文学。"(《庞德文学论文集》序)。

庞德时常将诗歌与音乐比较，"不要以为诗歌的艺术比音乐简单，或以为在诗歌上不下普通钢琴教师在音乐上所下的功夫，你竟能得到行家的赞许"。在韦勒克那里普通钢琴教师或许是毫无价值的，但几乎没有哪位音乐大师可以绕过普通钢琴教师这个级别的技艺而直接成圣。

音乐爱好者往往将音乐家轶事、唱片版本和个人朦胧的听曲感受结合成对于某部音乐作品的认知，这本身未必值得苛责，但这些音乐爱好者应该意识到单凭这样的认知是无法将一部作品予以还原的，也无法创造出新的作品。要创造出一部新的音乐作品，你必须通晓过往音乐作品中那些由调性、乐句、和弦乃至配器等等构成的"明亮的细节",它们是新作品的起点。对庞德来讲,在诗歌领域类似的比较,是他诗学思想的核心。"在创作一行诗(并由此将诗行建造成段)时你有某些首要的元素:就是说,你有语言的,即字母的,各种分节音,以及按音节划分的各种字母组……这些音节具有不同的分量和持续时间……而节奏,就是一种以时间切割的形式",接下来,对于一个诗人,他的首要天职就是去感受和辨识那些杰出诗作中发出的声音,还原那些"明亮的细节",这是一种诗歌才能,而糟糕的诗人"指望这种才能从天而降,却不打算付出一个平庸的音乐家为取得在一个乐队里第四小号的演奏席位而付出的劳顿"。

在《阅读ABC》一书中,庞德一再强调诗歌作为一门技艺的存在,它依赖于一些最为基础却也最容不得含糊概括的对于词语、句法乃至格律演变的、具体而艰苦的认知。他呼吁我们"抛开所有使用模糊概括词语的批评家","一个批评家的首要资质凭证是他头脑中的好作品具体为何"。他强调具体地研读文本,以及对于文本细节的确切把控,"任何生物学教师都会告诉你传递知识不能通过概括性的陈述而没有对具体细节的了解","当一个人将一首巴赫赋格练到可以把它拆开来又合起来的程度,他学到的音乐会比连弹十打混杂的合集更多"。由此他也坚信,"一个人通过真正知道以及细察几首最好的诗篇可以学到更多的诗歌之道,胜过随便浏览一大批作品"。也正是以这样的具体认知作为基础,一个写作者才有可能达致表达上的清晰和准确,"好的作家正是那些使语言保持有效的作家,也就是说,使它保持精确,使它保持清晰"。对庞德而言,这是写作的首要伦理所在。他因而大声疾呼,"一个逐渐习惯于马马虎虎的写作的民族,是一个对它的王国和它本身逐渐失去掌握的民族……这事关表达与意义的联系",表达并非无关或滞后于意义的形成,相反,表达形成意义,当代语言学的发展已经证明了这一点。或者,又如另一位诗人所指出的,"意识流不是源自意识,而是源自一个词,这个词改变或重新定位你的意识"(布罗茨基《自然力》)。

T. S. 艾略特：作为创造者的批评家

　　好些年前，我读到 T. S. 艾略特的《安德鲁·马韦尔》一文，并被开篇时的一段文字深深打动，"马韦尔的坟墓不需要玫瑰、芸香或月桂来点缀，这里没有冤案需要平反；关于他的问题，如果还需要思考的话，也只是为了有益于我们自身"。这也正是"古之学者为己"的道理，但却更加现代，可以直接付诸写作的实践。安德鲁·马韦尔是十七世纪人，他生活的时间在中国大约相当于晚明，是名副其实的古典诗人，然而，在艾略特笔下，三百年前的古典诗人不再是静躺在棺木里聊供勘探或赏鉴的木乃伊，他复活，并审视我们的写作，越过种种语言和文化的割裂变迁，他希望我们还有能力感受到人类心灵的全部经验，这样的话，作为年长的同行，他或许还能对今天依旧在写诗的我们有所帮助。

就这样，在上世纪初"一切都失去中心"的纷乱战火中，艾略特以一种斗士的姿态，确立了某种古典主义的复兴。我们必须明确，艾略特言说的"古典"，有其特定的概念指向，与之相对立的概念是"浪漫"，而非"当下"，并且，这个"古典"恰恰是有能力作用于"当下"的。艾略特在自己的文章中多次阐述过何谓古典，他认为古典是"成熟心智的产物"，而成熟的心智源于完整的历史意识，这种历史意识让诗人从"此时此地"的狭隘时空中摆脱出来，以一种谦卑的姿态，融入一个更为宏大的秩序之中。艾略特服膺早逝的意象派诗人托·厄·休姆对于古典与浪漫的区分，这个区分并非一个文学或美学概念的区分，而是关乎对人性的不同认识：

> 一切浪漫主义的根子就在这里：人，个人是可能性的无限的贮藏所；假若你们能摧毁那些压迫人的法律，这样重新整顿社会，那么这些可能性便会得到一种发展的机会，那么你们就会进步。与此恰恰相

反，人们能很清楚地给"古典"下个定义说：人是一种非常固定的和有限的动物，它的天性是绝对不变的。只是由于传统和组织才使他有任何合乎礼仪的表现。……把人看作一口井，一个充满可能性的贮藏所的，我称之为浪漫派；把人视为一个非常有限的固定的生物的，我称之为古典派。

（托·厄·休姆《论浪漫主义和古典主义》）

休姆和他的现代派战友们赞赏的"古典"，非常接近于基督教"原罪"的教义，而日后艾略特之所以成为一个极端保守的基督教护教者，其实和他《荒原》式的现代诗人姿态并不矛盾，它们共同植根于此种对人性相当严峻的认识，在写于一九三五年的《宗教与文学》一文中，艾略特再次引用休姆，"宗教立场认为人在无论哪种意义上都是不完善的，人是一个可怜的生物，可是人却能领悟什么是完善。因此我并不是为了宗教感情而勉强接受教义，而是为了教义而在可能程度上忍受这种感情"。

在讨论本国文学的萎靡现状时，我们的批评家最热衷的一件事，是把一切罪责都归咎于时代和社会，归咎于某几个特定时期造成的文化传统的断裂,归咎于某种精神的衰落,而阅读艾略特的一个好处,是让我们明白,其实这些批评家唯一应该归咎的,是他们自己的平庸和无能。

共同的古典教育基础的消失,共同的文学认识和历史意识的消失,这一切并非唯有百年以来的中国文学才遭际到的特殊困境,这种困境,同样存在于上世纪初的英国文坛:

> 一旦古典文学和我国文学之间的联系完全中断,当古典文学学者变得像埃及学家那样完全专业化,过去一位诗人或批评家的智力和审美力通过拉丁文学和希腊文学受到锻炼,而现在这种锻炼变得非常特殊,甚至比一个剧作家通过细心研究光学、电学和声学物理来为完成他的剧场任务而训练他自己的做法还要特殊,当这种情况发生时,我们的语言和我国的文学可能会受到什么影响?……这种变革将标志着过去的文学和未来的文学之间出现某种巨大的区别。
>
> (《古典文学和文学家》)

并不是说，自由民主主义者所鼓吹的由具有不同个性的人们所组成的世界有什么不好，唯一的原因是这个世界根本不存在……我相信从来没有一个时代像现在这样有如此巨大的读者群，或如此毫无抵抗能力地暴露在我们自己时代的各种影响面前的读者群。我相信从来没有一个时代像现在这样，读一点书的人读活人的书的数量大大超过他们读死人的书的数量；从来没有一个时代像现在这样极端狭隘，这样与过去完全隔离。目前出版商可能已经太多了，已出版的书确实是太多了，一些刊物还在不断鼓动读者要跟上正在出版的新书。

(《宗教与文学》)

艾略特面对的问题，几乎就是我们当下面对的问题，也正因为如此，对艾略特的思考也就随即成为对我们自身的思考。如果说艾略特的批评文章仅仅是从旁观者的角度泛泛指出一些普遍存在的问题，他还不值得我们如此尊重，艾略特的意义，一如在他之前一代代纵身于无限过去和无限未来的永恒裂隙之中的批评家先辈，某个时刻，这个裂隙似乎正不可挽回地扩大，但因为这些批评家自身的巨大存在，这个裂隙多少又被填补了一些。让自身成就为一种填补过去和未来之间裂隙的创造物，这是批评家最为光荣的任务，也是职责所在。

正是在这个意义上，作为创造者的批评家，艾略特真正的先驱，是比他年长三十余岁的奥斯卡·王尔德。王尔德曾说过，"我时常被今日的作家们和艺术家们的愚蠢虚荣所逗乐了，他们似乎以为：批评家的首要功能便是对他们的次要作品闲谈阔论"；他又说，"能够理解不单是我们自己的生活，还要理解民族的集体精神，以便使我们自己绝对现代化，这个字的真正意义的现代化。因为对于一个人来说，如果现在就只是现存的东西，那么他这个人对于他生活于其中的时代就毫无所知。要理解十九世纪，就必须理解此前的每一个世纪，对此世纪的形成作出贡献的每一个世纪。为了全面地了解自己，人们必须全面地了解他人"。这段话几乎可以视作艾略特名文《传统与个人才能》的先声。

"最高层次的批评的真正实质，是自己灵魂的记录。"王尔德的这番断语，可以说，在艾略特最好的批评文章中，得到了彻底的践行。

在晚年的一次回顾性讲演中,艾略特曾经对自己的批评家身份作过小心的界定,他认为自己属于这一类批评家,"他的名气主要来自他的诗歌,但他的评论之所以有价值,不是因为有助于理解他本人的诗歌,而是有其自身的价值。如塞缪尔·约翰逊,柯勒律治,写序言的德莱顿和拉辛,以及某种程度上的马修·阿诺德。我正是忝在他们之列"。在将自己谦卑又骄傲地置于诗人批评家的传统行列之后,他说,"我最好的文章写的是深深影响了我诗歌创作的作家,自然以诗人居多。随着时光流逝,依然能让我感到信心十足的文章,写的都是那些让我心存感激、可以由衷赞美的作家"。

虽然如此,这些文章的写作初衷,却和我们这个时代的众多书评人相似,都是为了挣钱而写的,艾略特对此并不讳言,他那时候需要钱,而写作的机缘通常是报刊约稿,比如说关于某个作家的新书面世,或某个作家的作品出了新版本,或者碰上了周年纪念;但和我们这个时代的众多书评人不同,挣稿费的艾略特对自己有更为自觉的要求,"文学批评像任何其他文学或艺术活动一样,有一个必不可少的要求，那就是必须富有趣味。而富有趣味的一大前提是懂得只选择自己真正感兴趣的话题，选择能与自己的性情贴合的主题"（《查尔斯·惠布利》）。

写作，绝非一件完全自由的事，但无论在何种时代，何种不自由之中，写作者最终依旧保有一项选择的权利，即选择写出好文章的权利，这样的好文章，根源于写作者对自我生命的认识，进而对容纳和形成自我生命的更为恢弘久远的精神潮流的认识。我觉得，这是艾略特身为写作者最令人振奋的启示。"单靠风格起不了保鲜的作用，只有可引起永久兴趣的内容加以一流的文学风格，才能始终保持新鲜不败。"这是在谈论查尔斯·惠布利的报刊写作，却也是在谈论自己的写作，是在记录自己的灵魂，艾略特众多的批评文章莫不如是，在他看来，可引起永久兴趣的内容，唯有当下和自我，而当下和自我又永远无法孤立存在，它们只不过都是对于过去的一种不断更新的认识。

> 布莱克的诗句有伟大的诗所具有的那种不愉快感。任何病态、变态或乖僻的东西，任何带有时代或时尚病态的东西，都不具有这一品质；只有那些经过

极力简化加工的东西，才能显现出人类灵魂的根本病态或力量。

(《威廉·布莱克》)

除了对语音独特而准确的感觉，他没有什么东西可以牢牢抓住，但在这方面他有任何人都不曾有的东西。……只有不带任何偏见地看待表层的东西，我们才最有可能进入到内里深处，进入到深渊般的悲伤之中。丁尼生不只是一个二流的维吉尔，他与但丁眼中的维吉尔同在，一个身处幽灵之间的维吉尔，他是英国诗人中最为悲怆的一位，跻身于地狱之边的伟人之列。

(《悼念》)

如果说，面向过去的分类对比和判断是艾略特在批评文章中常用的手段，那么它产生的效果，就是一种全景式的恢弘视野和如临其境的现场感，像被大天使引领着飞越长空。

在一篇名为《批评的界限》的晚年讲演中，艾略特说，

"我最为感激的批评家是这样的批评家,他们能让我去看我过去从未看到过的东西,或者曾经只是用被偏见蒙蔽的眼睛看到过的东西,他们让我直接面对这种东西,然后让我独自一人去进一步处理它"。事实上,批评的界限,也正是创造的界限。

火衫

借助林德尔·戈登恢弘又沉静的讲述，重温且深思 T. S. 艾略特一生的故事，是对我们每个人的考验。

端居于这个故事中心的，是创造与爱，是关于这两者如何在生命之间相互影响，如何相互激发或损毁。但假如仅仅如此，那么艾略特的故事也就无异于在任何一位艺术家那里多多少少都发生过的故事，诸如轰然降临的爱将艺术家从平庸中惊醒，诸如那永不可得到或永远失去的爱引领艺术家在纸上将它完成或复活。而在艾略特的故事里，围绕着创造与爱的主题，却有一些更为骇人之物溢出，这骇人之物容不得我们同意或反对，它存在。

我们首先面对的是婚姻的蛛网。这是一个二十多岁就在异乡草率结婚又旋即意识到幻灭的艾略特,而假如他的英国妻子薇薇恩不是一个疾病缠身又敏感热烈的人,他或许能更好地处理这一切。这是一段对双方都至为不幸的婚姻,他不爱她,而当她意识到这一点之后,她开始用自身的病痛和依恋炙烤他的良心,而他也既温和又阴暗地纵容这样的炙烤,直到这颗心变得坚硬、荒凉。而《荒原》就诞生于这样的心境中,用艾略特自己的话说,是"时不时把自己切成小块,看哪块碎片能发出芽来",而用传记作者戈登的话说,"艾略特毕生创作的最关键处就在于如何将令人发狂的心境转化为普遍的戏剧冲突"。这是独独属于艺术家的自我拯救。十九世纪浪漫主义诗人从恋爱中感受人的无所不能,但在新英格兰清教道德约束下长大的艾略特,还未及尝试爱的种种可能,就陷入婚姻之网,由此早早领悟到人之局限与不完美,并转身在严峻的古典教义中,以及在现代诗带着"非个人性"面具的倾诉中,找寻安慰。

就在这样的婚姻困局中,艾略特遇到一生的缪斯艾米莉·黑尔,此时他三十九岁,已至中年。随后二十年时间,虽然他们一个在英国一个在美国,相隔重洋,且伴随薇薇恩的阴影,依靠书信和偶尔为之的会面,他们既是彼此生命中最重要的隐秘存在，又因为艾略特的坚持，始终保持某种崇高而残酷的距离。但这不仅仅是一个中年男人犹豫不决的婚外恋故事，也不仅仅是一个未婚女子矢志不渝等待有家室的情人却终遭遗弃的故事，类似这样的故事，现代小说家已经书写过无数次，已经穷尽其各种可能的过程和结局，以至于我们已经对此麻木，以至于在面对生活中的类似状况时，习惯通过小说理解人类生活状况的我们已经条件反射似的会将之视为小说的摹本，但艾米莉·黑尔和艾略特并不生活在任何一本小说中，或者说，没有哪部小说可以容纳得下真实的人生。得以容纳他们的，唯有诗。

> 一首诗可能恰好对一个懵懂的青年
> 发生，但一首诗并不是
> 诗——诗是人生。

多年之后，在写作奠定他不朽声誉的长诗《四个四重奏》期间，艾略特曾作如此简要的回顾，这回顾，既指向诗，也指向人生。这里就涉及诗和小说的差别。一部小说，无论有多么复杂交错的情节线索，它最终注定是要向前发展的,小说读者和主人公都在追问接下来会发生什么,他们执著于要求一个结果,因为小说囿于有时间的世界,所以小说只能是人生的简化版,是大地上某条虚构出终点的河流;而诗不同,至少在艾略特这里,诗和值得为之在"一刹那果决献身"的人生范式,都是对有时间的世界的逃离。一段诗行好似人生,是自足的,既有其可以讲述的困厄,又有其不可讲述的,这多重的困厄像烈火一样锻造着诗行,也锻造人,直到这些诗行变得轻盈又无限,像干燥的风,像雷霆的声音,它们停留在流逝的河流上方,是一缸玫瑰花瓣上搅起的尘灰,或保持一种无解的胶着状态,像大多数于无声无息处摇晃着宇宙的真生命。"世界上没有哪里低贱得容不下终极,也没有哪个事实贫乏零碎到对整个宇宙毫无影响",这来自艾略特早年大学课堂上的哲学教导,最终在他的诗中得以践行。而艾米莉·黑尔就站在这首不朽长诗的背后,静默地分享他创造的内核,"光明的中心"。戈登说,"我们若想瞥见一分他们'恋情'的本来面貌,就必须抛弃我们惯用的那些关于性、爱和友谊的概念。艾略特走到了'诗的边境之外',他们与诗歌细密交织的恋情因此也同样抗拒着定义"。

是谁想出这种折磨的呢？是爱。

爱是不熟悉的名字

它在编织火衫的那双手后面，

火焰使人无法忍耐

那衣衫绝非人力所能解开。

我们只是活着，只是悲叹

不是让这种火就是让那种火把我们的生命耗完。

（《四个四重奏·小吉丁》）

艾略特曾写过一篇关于西蒙娜·薇依的短文，称薇依是"一个原本可能成为圣徒的人"，考虑到这篇文章写于一九五一年，某种程度上这判断中隐藏的严厉，也可视之为一种自我审查。此时，薇薇恩已于一九四七年在长达十年的精神病院监禁后因心力衰竭离世，束缚艾略特的婚姻之网终于消失，但那秘密的爱似乎也被始终缠绕的罪感消耗殆尽，他随后打消了苦等他多年的艾米莉·黑尔结婚的希望。

如果说，最初的艾略特，是那个在懵懂无知中不幸穿上火衫的赫拉克利特，那么接下来，当他不堪苦痛地把自己投身于宗教和艺术的烈火，预备做一个牺牲的圣徒，在罪与爱的折磨中他写出了超越时代的向着永恒发声的杰作，但那最先被消耗完的生命热情，却不是他的，而是那些扑向火焰并被爱的火焰点燃的女性。一九五七年，当他像一个悔罪修士般度过薇薇恩去世之后的十年禁欲隐居生活之后，在生命最后一个阶段却从烈火中抽身而出，闪电式地和他的崇拜者、秘书瓦莱里·弗莱彻缔结新的婚姻，并享受年轻女子带来的美妙晚年，我们大概遭遇到整个故事中最令人难以忍受的部分。但我们之所以难以忍受，是因为我们距离烈火遥远，作为观望者的我们，无情地期待被悲剧震撼；我们之所以难以忍受，很大程度上，也在于他曾一再给予的教导，"诗是人生"。但假如他说的是真的，那么，诗人艾略特所经历的人生，就是为通常喜欢诗的读者所不愿面对、而艺术家一直睁大眼睛承受的，"人类所不能忍受的真实"。

当堪称英勇的自我牺牲和几近残忍的自私自利汇聚在一个人身上；当这个人被赋予的"灵视"目光早已预先洞彻自己行为的每一个后果，并坦诚地在诗中讲述，在生命中淬炼；当他用大半生时间在被命运指定的地狱和自我铸就的炼狱中漫游，却最终满心欢喜地回到尘世的喜剧中，我们似乎已无力对他加以评判，就像我们无力评判任何一个被烈火炙烤的人。而戈登也深知这一点，于是她转身走向那些爱着他的女人们，用大量篇幅描绘她们在始终不渝的爱中的生命，并思忖这样的爱必有其理由，再借助这样来自爱者的目光去审视那个既骄傲又谦卑的诗人。这，或许才是这部《T. S. 艾略特传：不完美的一生》之所以动人的最重要原因。

诗所能够见证的

米沃什《诗的见证》这本书,源自一九八一年至一九八二年间的哈佛大学查尔斯·艾略特·诺顿讲座。这个诞生于一九二五年的年度诗学讲座,除了二战期间稍有中断外,几乎每年都会邀请一位当世最值得尊敬的艺术大师,给他们六次演讲的时间,和世人自由分享他们对于最广阔意义上的诗的理解。我们最熟悉的则应该是卡尔维诺,他在一九八五年精心准备诺顿讲座期间辞世,留给我们一本没有完成的《未来千年文学备忘录》。更多的诺顿讲座,则首先以录音的形式被保存,只是这些讲座录音的命运各不相同,有些会随即被整理出版,如一九三二年的T. S. 艾略特、一九五二年的 e. e. 肯明斯;但有些则会先放在图书馆储藏室里囤积尘埃,如约翰·阿什贝利一九八九年讲授的《别样的传统》(*Other Traditions*),就要拖延至二〇〇〇年方才出版,比较夸张的是博尔赫斯,他一九六七年在诺顿讲座上的谈诗论艺,竟然最终是和阿什贝利一起重见天日。

这种延宕,我倒也不反感,因为大凡好书总要能经得起类似的周折,进而,在延宕背后隐隐还有一种我们当下的讲座出版物里看不到的骄傲。这骄傲,一半属于哈佛大学出版社,它有自己的节奏;另一半,属于演讲者本人,对他们中的很多人而言,他们的一生在这一刻已基本完成,诺顿六讲只是画外的一笔,要努力画好,却不必着死急地兑现为成果。我非常喜欢诺顿六讲的书,但凡有中译本必收集之,因为都是轻盈凝练的小书,并且"六"这个数字,又暗合了中国的易经,所谓"六画而成卦""六位而成章",每番诺顿六讲,都可视为一位大师终身致力的诗学之象。

米沃什是波兰人,近代以来,波兰乃至整个中欧文学,有三点一直吸引着中国的读书人:源自西罗马天主教传统的浪漫主义遗产,在数百年大帝国倾轧下惺惺相惜的民族意识,以及经历二十世纪极权主义禁锢后的政治境遇和人的境遇。到了米沃什这里，事实上是最后这一点为他赢得了最早的中国读者，他们将他视为与今天的中国人同呼吸共命运的大诗人。因此，当米沃什在《诗的见证》的第一讲"从我的欧洲开始"中，谈及他青少年时期受过的拉丁古典主义和神学训练，说道"如果我诗歌的一个主题是宗教想象力的奇怪命运，以及当诗歌开始获得取代宗教的地位时诗歌的命运，那恰恰是因为我在高级中学时曾多年研读厚厚的课本中的罗马教会历史和各种教义……另外，我既着迷又讨厌的古典主义，包括其源头上的贺拉斯、维吉尔乃至奥维德，他们都是我在班上研读和翻译的作者"，并进而满怀热情地回忆几个世纪之前的波兰古典诗人对他的滋养，我会觉得有一丝惊讶和陌生，但随后便是深深的释怀。

大诗人从来不会抱怨传统的断裂，更不会坚持这种断裂，因为对断裂的抱怨或坚持，很多时候都只是在为自己的不学无术寻找借口。相反，如艾略特和博尔赫斯早已意识到的，大诗人拥抱这种断裂，他犹如克利画中的新天使，背朝着未来，目光穿透横亘在眼前的废墟残垣，触及更遥远的过去，正因为他的存在，这种断裂得以弥补，进而，大诗人得以创造自己的传统。拉丁古典主义，法国古典主义，俄罗斯弥赛亚主义，启蒙运动以来弥漫整个欧洲的对理性和科学的乐观崇拜，以及随后二十世纪现代主义和马克思主义的你来我往，种种这些相互交织、混杂、冲突乃至斗争的传统，甚至说得严重一些，种种古今东西传统的废墟，在米沃什这里，都成为滋养，形成"他的欧洲"。

诗所能够见证的，在米沃什这里，正是承接过往无数传统的个人，在剧变的二十世纪给予的无数断裂的直接经验下，所能够发现和理解的新向度。此后数讲，他致力梳理直接经验到的各种断裂和冲突的诗学传统，如面向公众的诗和面向个人的诗，古典主义与现实主义，工具化与纯诗，等等，就理论层面而言，米沃什要谈的问题都是些老问题，并且他的梳理不能让我眼前一亮，但他能完全用自己的方式去重新理解和面对这些老问题，这是真正触动我的地方。这所谓自己的方式，不仅仅意味着身体的经验，比如从他的远亲奥斯卡·米沃什的诗学观念着手，比如分析他亲历的二战期间的波兰诗歌；所谓自己的方式，更意味着思想的探险，即主动和努力地去钻研真正的诗学传统。在《诗的见证》中，我意外地看到米沃什竟然会引用埃里希·奥尔巴赫的学术名著《摹仿论》,当然,这大概也和他长期在大学教课有关。

在面对人类大灾难期间的诗歌状况时,米沃什体现出令人动容的诚实。他一方面承认,当灾难降临整个社群,例如纳粹占领波兰,"诗人和人类大家庭之间的分裂就消失了,诗歌变得和面包一样必不可少";但另一方面,他又有些残酷地指出,"受害者用来表达自己的遭遇的语言,有很多陈腔滥调",在很多状况下,那些被判处死刑者的作品,"其中没有哪怕一篇作品是值得注意的,所谓值得注意是指作者试图通过超越传统的沟通性语言或通过瓦解传统的沟通性语言来表达恐怖"。这一点,作为中国读者,且不用去联想数十年前的广场诗歌,就单单想想前几年汶川大地震时的全民诗歌热,就足以对米沃什的看法心领神会。

大灾难,政治迫害,个人的不幸,种种这些,令诗人扼腕,却不能让诗的标准为之低头。米沃什通过叙述波兰女诗人斯维尔什琴斯卡的诗歌变化,精彩地描绘出一幅诗所能够见证的令人宽慰的图景。在战前,斯维尔什琴斯卡是一位优雅的中世纪诗歌的迷恋者,战争期间,她住在华沙,参加了华沙起义,她目睹一条条街道的摧毁,一个个生命的死亡，以及幸存者的被放逐，战后她企图把这些永远忘不了的经历写成诗，但并不成功，直到三十年后，她才终于找到一种满意的风格，即放弃比较和隐喻，放弃哀叹和感伤，完全采用一种速写式的微型报告风格，"这是一种最谦卑的摹仿艺术：被记忆的现实，是至高无上的，并支配表达手段"。它产生的效果是相当惊人的，而这效果的产生，没有任何投机取巧，也不可复制，因为它既是生命的要求，却也正是诗的要求，它指向诗人的过去，也指向人类的过去。

在第六讲也是最后一讲"论希望"中，米沃什援引在历史沉思中写作当代诗篇的希腊诗人卡瓦菲斯，在《大琉士》一诗中，卡瓦菲斯虚构了一位古代诗人斐纳齐斯，他正在构思一首关于大琉士的史诗，但这时候，战争爆发了，罗马人入侵了他的国家，现实的紧张骚动与构思诗歌的紧张骚动，在那一刻同时占据斐纳齐斯的心灵，然而，这两者却是不分胜负的，他感受着他的敌人罗马人此刻应有的感情，傲慢与陶醉，并将之赋予他诗歌中的历史人物，波斯国王大琉士。米沃什对此评论道，"诗人斐纳齐斯透露了诗歌事业的一个秘密"，这个秘密，在米沃什随后援引的西蒙娜·薇依的格言里，也在《诗的见证》的最后一句话里："人类是靠对自己的记忆而活的，即，活在历史中。"

这个历史，不仅仅是一两代人咀嚼反刍伤口的历史，而是整个文明的历史。如西蒙娜·薇依所言，整个文明的历史中留存两样不可能被简化成任何理性主义的东西，即时间与美。

文明的声音

1

关于 W. H. 奥登给我带来的好感，主要来自诗艺上的"自我克制"。对一个出生在二十世纪的诗人而言，这种自我克制首先体现在面对苦难上，比如《美术馆》里那种怀抱峻冷哀矜的古典态度；其次是对于爱欲的，是如布罗茨基所说，是在"安静，不强调，没有任何踏板，几乎是信手拈来"中的决断。再者，他在冷静自持中也不乏智性的欢乐，比如在一系列轻体诗中，当然倘若要对此有所体味，我们至少现在还必须去读原文。也就是说，他在诗歌中已经呈现出一个健全和强有力的诗人样貌，距离那些哭哭啼啼咀嚼死亡枯骨的当代写诗者很远。

收在《序跋集》里的文章，有几篇已经有过汉译，比如《C. P. 卡瓦菲斯》《切特斯顿的非虚构性散文》，以及《希腊人和我们》的片断。还有在这本《序跋集》之外的诗论，比如有关叶芝、哈代、弗罗斯特等人的，也陆续可以看见很好的译文。这些已有的汉语奥登可以给我们以信心，知道这又是一位堪和瓦雷里、艾略特相并列的、为诗人恢复学养与智性声誉的诗人批评家。

在《丁尼生》一文中，奥登说，"抒情诗人总是面临一个问题，即在为数不多的灵感时刻之余该做什么的问题……我们都了解过其他一些抒情诗人的生平，他们要么潜心创作枯燥的长诗，要么就是失了无邪天真，整日沉湎酒色，寻欢作乐，完全称不上度过丰富充实的人生"。我觉得，奥登给我们提供了一种现代抒情诗人能够做出的典范回答，那就是，去为报刊撰写评论文章，进而，把这样的评论文章也变成一种"广泛的诗"。《奥登全集：散文卷》有煌煌六卷，虽然按照他自己谦虚的说法，它们中的大部分都是迫于生计或是碍于情面，但诗人和一切艺术家一样，他们的天职在于转化而不是抱怨，在于将一切不利和困窘转化成有益于生命的艺术品。同时，通过谈论他人和他人的作品，奥登也是在完成某种王尔德所谓的"最高级的文学批评"，即记录自身的灵魂。

2

尽管奥登散文卷帙浩繁，但第一本中译竟然是他最后一部自选集，这其中不无命运的深意。《序跋集》无论从写作时间还是论述对象，都跨度巨大，我们汉语读者因此得以感知一个整体的、相对完整的奥登。而这种"完整的人"的存在，恰恰也是奥登至为关心的主题。

《希腊人和我们》，是奥登为其选编的《袖珍希腊读本》所撰导言，它被置于书首，不单单因为论述对象最古老，事实上，它可以被视作晚年奥登有意无意设置的一个门槛，要进入其世界，便要先经受这篇长文章的考验，或者换句话说，经受文明的考验。他假想任何公元前五世纪的雅典人对现代社会发出讥嘲："是的，我能看到一个伟大文明的全部作品；可我为什么遇不着任何文明的人呢？我遇到的只是些专家，对科学一无所知的艺术家，对艺术一窍不通的科学家,对上帝毫无兴趣的哲学家,对政治漠不关心的牧师,以及只了解同行的政客。"他认为,衡量一种文明的高度,是它所达到的多样性与统一性的最大限度的结合。野蛮人只具有混沌的整体感却不懂得分析,而现代人一味自我分裂而丧失了统一,而公元前五世纪的雅典人,是他所认识到的最文明的人,"他们有能力保持一种对事物之间普遍的相互关联的感觉"。而要感受到这种相互关联,唯有时刻清醒意识到存在于人类思想每一个角落的微妙差异。"他们教会我们的,不是思考,而是去思考我们的想法"。而这种受教于古希腊人的思想活动,对于思想的思想,具体而言,就是对整全和分类学的双重迷恋,几乎贯穿在奥登大部分的评论文章里。

因此,他会欣赏古典学家E.R.多兹的主张,"比起那些致使交战双方分道扬镳的问题,我对把他们联系在一起的各种态度和体验更感兴趣"(《异端邪说》);也会将爱伦·坡的长诗《我发现了》视作其最重要作品,因为"它在一部作品中糅合了几乎坡所有的独特痴迷",他援引瓦雷里对坡的评论,"承认坡在他的一致性理论中曾相当明确地尝试依据宇宙的内在属性来描述它,这毫不为过。在《我发现了》的结尾能找到如下命题：每一条自然法则在各个方面都与所有其他法则息息相关。该命题如果不被当作定理，也很容易被看作近于广义相对论的一种表述"(《埃德加·爱伦·坡》)。

他区分五种英雄概念：荷马式英雄，悲剧英雄，色情英雄，沉思的英雄和喜剧英雄(《希腊人和我们》)；探讨四种神秘体验：自然异象，情色异象，博爱异象和上帝异象(《新教神秘主义者》)；将人类活动分为三种方式：劳动、虚构和行动，并认为，"劳动是无性别的，虚构是女性的，行动是男性的"(《伟大的觉醒》)；分析克尔恺郭尔的三种存在方式：审美宗教，伦理宗教和启示宗教(《索伦·克尔恺郭尔》)；强调令人满意的人生要对三个世界都报以尊重的前提下才能实现，这三个世界分别是：日常劳作的世俗世界，笑声的世界与崇拜祷告的世界，"没有祷告与劳作，狂欢节的笑声显得丑陋无比；没有笑声与劳作，祷告就不过是诺斯替教派的呓语，站不住脚，傲慢伪善；而抛却笑声或祷告，光凭劳作活着的人，会变成渴望权力的疯子，他们是一群暴君，把自然当作奴役，只满足自己一时兴起的欲望"(《关于不可预知》)……在他的文章中，这种条分缕析无处不在。

刘铮曾经在一篇文章中谈论过奥登的"分类癖",但我不认为这种分类如他所言,"从根本上其实是任意的,因为缺乏明确的、可经反复证实的标准来衡量",也不赞同将这种分类癖仅仅比附成王尔德式的机智。因为,在奥登这里,分类可能是一种基于文明的思维方式,它不是停驻之物,而是通往整全的变动不居的道路,如同孩童最初通过拼图的方式认识事物,它的要义不在于认识拼图以何种标准分割,而在于认识这些图块于分割之后才显现的联系。

3

奥登反感从私生活角度出发的传记式文学批评,一有机会就对此大加挞伐。他说,"如今许多看似学术研究的工作实则无异于趁当事人不在房间时偷读他的私人信件"(《莎士比亚的十四行诗》);"我们从亨利·马斯先生那儿得知,亚瑟·普拉特的遗孀把豪斯曼留给他的所有'拉伯雷式'的信件都毁了。听了这个消息真是大快人心"(《伍斯特郡少年》);"原则上,我反对为艺术家作传,我不认为对其私人生活的了解对阐明他们的作品有任何助益"(《头号恶魔》);在《莎士比亚的十四行诗》一文中,他就艺术家生活与作品的关系,做出了就我所知最言简意赅的说明:"一方面太过显而易见而无需解释——每件艺术品在某种意义上都是一种自白——另一方面又太过复杂而无法阐明。"

但看似悖谬的是,在《序跋集》所收录的四十六篇文章里,不少都是为某部新近出版的作家艺术家的传记、书信集、谈话录、日记而作。《亚历山大·蒲伯:天才的教育》、《歌德:交谈与会面》、克尔恺郭尔《日记与文稿》、《理查德·瓦格纳,其人,其思及其乐》、《朱塞佩·威尔第书信集》、《安东尼·特罗洛普》、《凡·高书信全集》、《奥斯卡·王尔德书信全集》、《A. E. 豪斯曼信札》、《理查·施特劳斯与霍夫曼斯塔尔通信集》、《马克斯传》、伍尔夫《作家日记》、J. R. 阿克莱的自传《我的父亲与我自己》、伊夫林·沃的自传《一知半解》……是这些和私人生活密切相关的书,催生了《序跋集》中将近三分之一的文章。

不能将之仅仅归结于对出版商和编辑的勉为其难的顺从。书评作者尽管身受诸多限制,但依旧拥有某种小范围内选择的自由。大多数报刊书评只有数日或最多数周的存活时间，它们宛如一块块投入湖水中的石头，虽然大小不一，但无非都只是溅起一些水花罢了。除了极少的例子，书评总是比所评论书籍先被人遗忘，它们沉在水底，虽也或许轻微地助长了湖水的高度。在所有的书籍阅读体验中，阅读书评集恐怕是最令人心酸的，因为最能感受到时间对于文字的侵蚀。然而奥登的书评却多半经受住了时间的考验，因它们不单是停留在对于某本书的评述，而是探向书背后的那个人，一个完整的人。在《染匠之手》的序言里他曾说，"尽管我希望能有一些爱进入写作中……"，我们不能错过这轻描淡写的半句话，这是所有不朽写作的开端。

至少在这本《序跋集》中，诗人对于人的兴趣，要甚过对于诗艺的兴趣。我们单看一看这些文章题目就知道了，除了径直以所论作家为名（这种标题方式让人想到艾略特）之外，《G先生》《一个辉格党人的画像》《一位天才和绅士》《一个务实的诗人》《一位智者》……凡此种种，让我们可以猜测，奥登不过是借助一些新书出版的机会，来描绘勾勒那些他所喜爱的过去时代的作家艺术家，他探寻他们的生活，不是为了去解释他们的作品，而是因为他爱他们。

只有极少数人，除了欣赏其作品外，我还希望和他们有私交，威尔第便是其中之一。

在我们这代人眼中，没有一个诗人能像豪斯曼那样清晰表达一个成年男子的情感。即使我现在不常翻读他的诗歌，我也要感谢他，在我还年轻的时候，他曾给予我那般的欢乐。

我年岁越来越大，世道也愈黯淡艰难，像贺拉斯和蒲伯这样的诗人，我发觉自己越发需要他们，正是他们给了我所需要的活力。

4

奥登并不讳言自己的同性恋身份。奥斯卡·王尔德、A. E. 豪斯曼、C. P. 卡瓦菲斯、J. R. 阿克莱，以及，写作

《十四行诗》时的莎士比亚和写作《悼念集》时的丁尼生，这些对于同性之爱了然于心的杰出作家，构成这本《序跋集》深沉的基石。

他明白所有的爱都是要超越自身的，但唯有同性的爱因为不涉及家庭和繁衍，也就部分脱离了社会责任的束缚，恋人可以自己来选择这种爱在超越自身之后的走向。这带来一种无与伦比的自由（尤其对艺术家而言），也随之带来动荡，迫使爱者有如无遮拦的赤子，被迫一再地审视爱本身，审视它不肯停歇的欢愉与悔恨，沉沦与极乐，审视在不安的迷恋中有可能获得的智慧，当然，还有必须面对的残酷。

因为缺少了家庭与责任的约束，同性恋者在性欲上喜新厌旧的需要就变得更加突出，也显得更为坦诚和自然。他于是对阿克莱先生的朝三暮四表示理解，"因为如果性关系以'差异性'为基础，那么其他永久性的人际关系则以共同利益为基础，无论一开始他们的偏好性情多么大相径庭，夫妻双方在父母这一身份上获得了共同关心的对象。同性恋者则没有这种经验。结果，同性恋者长期忠于一个伴侣的情况少之又少，说来也奇怪，年长的知识分子一方比起工人阶级男友在性态度上可能更加随性。事实很残酷。那就是知识分子更容易感到厌烦，尽管他们通常会否认这一点"。

尽管我忍不住想补充的是，人总有美化自己未走过的那条道路的嫌疑，身为一个同性恋者，奥登也难免时常对家庭生活抱有诸多美好的幻觉，但是，这种忠贞的幻觉和对阿克莱不忠的理解，同样都不能否定他是一个具有强烈道德感的人，因为道德首先就是一种理解他人痛苦的能力，仅仅是理解，而非接受。或者，用奥登谈论卡瓦菲斯时曾经的表述，"诗歌的责任之一是见证真理，而道德的见证者会尽最大能力说出真实"。

奥登非常喜欢卡瓦菲斯的诗，认为他拥有一种超乎寻常的好运，即"把日常经历转变成有价值的诗歌的能力"。他引用卡瓦菲斯的一首诗予以证明：

> 他们见不得人的快乐已经满足了。
> 他们起身，很快穿好衣服，一言不发。
> 他们先后离开那座房子，倦乏地；
> 而当他们有点不安地走在街上，

> 他们好像感觉到他们的举止与他们
> 刚刚躺过的那张床不符。
>
> 但是这位艺术家的生命受益匪浅：
> 明天，后天，或数年以后，他将把声音赋予
> 　　在这里度过第一次的强烈线条。

但在引用之后，奥登要问的竟然是："可是人们不免好奇，艺术家的伴侣会有怎样的未来呢？"可不可以说，在这一刻，奥登对无名他者的同情胜过了对诗艺的理解，因为很明显，他暂时放过了卡瓦菲斯冰冷语调中的反讽。

奥登并不欣赏王尔德的作品，他认为王尔德并非天生的艺术家，而只是一个爱慕虚荣的表演者，大概只有一部戏剧《不可儿戏》堪称杰作，值得流传。但他依旧为王尔德写下了这本《序跋集》中最长的几篇文章之一，《不可思议的人生》，如果只考虑对某位作者的专论，那么，它就是其中分量最重的一篇。

打动他的，是王尔德对波西的爱，或者进一步说，是王尔德在这样的爱中所表现出来的行为。在带有自传色彩

的《依我们之见》中，奥登曾区分过事件和行为，传记所能记载的大多只是事件，"可是成年人的生活不仅仅只有事件，还包括个人行为——那些他们不计后果愿意去做并会为此负责的事情。行为与事件不同，它不可比较也不可重复，它展示的是一个独特的个体，从前不曾有完全类似的人出现，往后也没有"。

奥登看到，"王尔德对波西的迷恋主要不是性爱层面的；可以想见，他们之间即使有过性关系，也不会很频繁，而且很可能差强人意"。奥登看到王尔德对于波西的，在性关系之上的一种绝对的爱。这种绝对的爱，在行为上，甚至比但丁对于贝雅特丽齐的爱还要艰难，因为他爱的对象不属于沉默的过去，而就在遍布危险的当下。在对波西的爱和对写作的爱之间，王尔德毫不犹豫地选择前者。他的金钱、时间和精力，他既有的荣耀与自我，都心甘情愿地在爱中丧失。一个恶毒、势利、缺乏天分、撒谎成性的讨厌鬼以同性恋的丑闻毁掉了一位天才作家，这是事件。但奥登说，"假如王尔德在临终前被问及是否后悔结识了波西，他很可能会说不，这样就轮不到我们为他们的关系扼腕。假如王尔德从未遇到波西或者爱上了别人，他会写出怎样的作品,我们无从得知;我们能注意到的只是,从他与波西交往到他身败名裂的四年里,他完成了他的大部分著作,包括一部杰作"。这,是行为。

在王尔德和波西之间,存在一种全然不对等、不计回报的爱,并且因为当事人的洞若观火而非遭受蒙蔽,而成为一种可怕的爱,却也成就了英勇和动人的行为。或许,正如奥登在另一个场合所言,唯有"诗人是坚韧顽强的,可以从最可怕的事情中获益"。

5

有些书带来知识的愉悦,有些书则给予情感的冲击,但能够令人在阅读中滋生幸福感的书,少之又少。对我而言,W. H. 奥登的《序跋集》或许是其中之一。很多时候,我会意识到自己面对的不仅仅是一位现代意义上的诗人,更是一种文明的声音。他关注人的意义,人在当下的境遇及其所背负的历史,其在各个时代的差异与联系。当他说,"原始的诗歌用迂回的方式述说简单的事情,现代诗歌则试图以直截了当的方式言说复杂的事情";抑或,"荷马的世界悲伤得让人不堪忍受，因为它从未超越当下；人们快乐、难过、战胜、失败，最后死去。这就是全部"，等等，诸如此类，我会感觉到，这个世界不是深陷在某种病态的新与病态的旧之间的无休无止对抗当中，而是一个可以理解的整体，如同宇宙一般，一切消逝之物都生动可感地存在于某处，都和现在产生关联。同时，他又用他贯穿一生的神学奋斗和写作行为提醒我们，学会倾听他人并将之清晰地表述出来是一项多么重要的才能，他的众多书评和导言都在与我们分享着这种才能。他邀我们重读《使徒行传》第二章节圣灵降临时的奇迹："他们就都被圣灵充满，按着圣灵所赐的口才说起别国的话来。"对此，他评述道："圣灵创造的奇迹通常被称作口才的天赋，难道它不同样也是听力的天赋吗？"

在谈论瓦雷里的文章末尾，奥登谈到有两种值得赢取的文学荣誉，其中一种，是"成为别人眼中献身文学事业的榜样"，他说马拉美在瓦雷里的生命中就扮演这样的角色。而就他自己的生命而言，他说：

> 每当我备受矛盾、倔强、模仿、失误、混乱和灵

魂的堕落这些可怕的心魔折磨时，每当我感到自己有沦为"严肃的人"的危险时，我相信我时常求助的对象不是别的诗人，而正是瓦雷里这样一位智者，如果真有智者存在的话。

我能不能说，在很多诗人的生命里，奥登也早已和正在扮演着同样的角色。

取悦一个影子

1

约瑟夫·布罗茨基《小于一》中的一些文章，如写阿赫玛托娃的《哀泣的缪斯》、写曼德尔施塔姆的《文明的孩子》、写茨维塔耶娃的《诗人与散文》、有关奥登一首诗的长文细读，以及用于书名的那篇回忆长成岁月的《小于一》，早在上个世纪末，就至少有过其他两种中译流传。此外，还有几篇收在本书中的文章，如对二十世纪俄罗斯小说进行无情巡礼的《空中灾难》（黄灿然译），讲述彼得堡（列宁格勒）历史的《一座改名城市的指南》（张莉译，薛忆沩校），以及回忆父母的《一个半房间》（程一身节译），近年也很凑巧地先后在同一本杂志(《上海文化》)上出现过。书中另一篇写奥登的著名文章《取悦一个影子》，之前也有程一身译本在《文学界》杂志上发表过。然而，星散的文章和完整的书，它们在阅读的空气中能够激起的影响，是完全不一样的。"一本组合而成的书……总是会成为一部全新的作品。就像对画家而言，如果想要一次画展具有一定的含义，他在意的是如何把画作摆在一起"，卡尔维诺的这段话对于作家文论尤为契合。绝大多数成书的作家文论，都是由一个个单篇文章组合而成的，它们之所以被写下，未必出于精心的计划，而多半是被生活所促成，如艾略特和奥登所言，为稿费而作，或者，源自一次演讲、一场悼词、应邀为某本书撰写的序跋，以及某些在必要时刻如约而至的回忆。它们散乱，奔腾，流溢生活的热力，和创造者尚未完成时的焦灼，就在与布罗茨基使用的隐喻同等的层面，我猜测，作家文论从来都是某种"小于一"的存在，这也是它们之所以动人的前提，但当它们中的一些被作家有意识地聚集一处时，一件新的艺术品却意外诞生了，这件艺术品就是作家本人的自画像。似乎这也是王尔德的看法，即最高级的文学批评就是在记录自身的灵魂，它是自传唯一文雅的形式。

因此,虽然国内对布罗茨基的绍介由来已久,但必须等到其最重要的文论著作《小于一》完整迻译之今日,布罗茨基作为一个杰出作家(尤其是作为诗人)的实际存在,在中文世界里才得以明晰和确立。

这样的先例还可以举出很多。我们是否能够想象缺少《文艺杂谈》的瓦雷里、缺少《一八四六年的沙龙》的波德莱尔?抑或缺少了《探讨别集》的博尔赫斯?缺少了《意图集》的王尔德?再或者,想象一下仅仅通过《荒原》和《四个四重奏》中译本而非《艾略特诗学文集》来感受到的艾略特?以及单凭诗歌流传的茨维塔耶娃?最近的例子是埃兹拉·庞德。唯有随着他的诗学论著《阅读ABC》中译本的出版,我们才会慢慢理解和感受到艾略特曾经的称赞并非虚言:"他是最有学问的诗人之一……一位诗人,只有在孜孜不倦地研习过秩序谨严的诗体以及多种格律系统之后,才可能写出庞德笔下那般的自由体诗篇……事实上,并不存在什么自由体诗与规则谨严的诗之分,庞德所拥有的只是一种来自苦练的高超技艺,致使形式成了本能,可以变通地服务于任何具体目的。"

倘若艾略特在另一个世界继续写他的诗学文章，我想他一定也会喜欢布罗茨基，并将之也列入最有学问的诗人之列，当然我们知道现实情况正好相反，是年轻的布罗茨基在寒冷的流放地听闻艾略特的死讯，并随即写下最早的挽歌，"你加入了别人的行列。/ 我们，嫉妒你的星宿"（王希苏译）。

当然最终，他们，以及其他所有杰出的诗人，都会隶属同一个阵营。在这个阵营里，天赋和感受力只是需要低调处理的共同特征，就像已故诗人马雁就《文艺杂谈》所说过的话，"这本书的前提就是天赋与感受力。进入天赋与感受力的世界，才可能阅读这本书。理解了这一点，瓦雷里的意图就逐渐明晰起来：在天赋与感受力的世界里，应该谈论的是什么样的话题？首先，肯定不应该继续去谈论天赋与感受力"。

弥漫在布罗茨基《小于一》这本书里面的，始终是两个紧密缠绕在一起的话题，首先，一个人应该如何得体地谈论自己的痛苦以及相关的生活；其次，一个人应该如何富有教益地谈论他人以及艺术。

我想从第二个话题开始谈起。

2

《小于一》中的文章，每篇都精彩，但我最喜欢的，是他写奥登的那篇《取悦一个影子》。他写这篇文章的时候，奥登已经去世十年了。对生者而言，最深切的告白需要一个合适的时间长度，在情绪上已经足够平静，且刚好拥有一个旧的细节尚未消失而新的形象已然呈现的视距。这篇文章的第一小节，起调非常高，是在标准葬礼演讲的音域上，仿佛奥登就在前几日刚刚去世，"我用他的语言写作所希望的，就是不要降低他的精神运作的水平，他看待问题的层次。这就是我能为一个更好的人所做的事：在他的脉络中继续；我想，这就是文明的要义"，"如果不存在教堂，则我们完全可以轻易地在这位诗人身上建造一座教堂，而它的主要准则大致将是这样的：如果感情不能平等，让那爱得更多的是我"。他在第一小节最后引用的，是奥登那首我非常喜欢的 *The More Loving One*，尽管我更熟悉的是下面这个译本，

  仰望那些星辰，我很清楚

为了它们的眷顾,我可以走向地狱,
但在这冷漠的大地上
我们不得不对人或兽怀着恐惧。

我们如何指望群星为我们燃烧
带着那我们不能回报的激情?
如果爱不能相等,
让我成为爱得更多的一个。

(王家新译)

关于爱,其痛苦的真理就在于,它永远都不可能完全对等。但诗人在这里一定要用"如果……"的句式,这是奥登特有的节制和谦逊。而节制和谦逊,正是布罗茨基在第二小节中主要处理的话题,他将从具体的好诗谈起,从第一次读奥登的经验谈起。如同倾听柴可夫斯基的第一钢琴协奏曲,我们被圆号奏出的光辉夺目的基调猛然引领至高处,再被抛入由弦乐与钢琴编织成的庄重宽阔的河流。

  由于我是靠吃俄语诗歌那基本上是强调和自我膨

胀的食物长大的，故我立即就记下这个菜谱，其主要成分是自我克制。……我可在这行诗中受益于这位诗人的，不是其情绪本身而是其处理方式：安静，不强调，没有任何踏板，几乎是信手拈来。

在我读过的那些有限的书中，没有别的什么，能比这段话更让我一下子就对俄语诗歌心领神会，以及迅速理解何谓奥登。这里面不仅仅有一个诗歌在翻译中损耗的问题，还有一个人能否仅仅凭借自身的天赋和感受力解读万物的问题。人需要被引导，也需要被验证，需要借助另一位强有力者的眼睛和耳朵，这也就是所谓"经典与解释"的要义，或者，用布罗茨基的话来说，文明的要义。当然这又是一个庞大复杂的问题，我不想在这里就此牵扯太远，总而言之，在奥登这座教堂中，单凭上面那一段引文，我就乐意把自己的眼睛和耳朵交给布罗茨基去引领。

或许也因为，他所指出和赞赏的"自我克制"的诗歌品质，以及那种处理情绪的沉静手法，恰恰正是我自己作为一个现代诗歌习作者长久以来最愿意追随的。在人类生活的各个层面，我们被引导，被验证，但与此同时，我们也在挑选。

在一篇谈论他人及其著作的文章里，第一人称单数（以及那些时不时以"我们"的面具形式出现的"我"），其出现频率似乎不宜过高，否则会显得有些轻佻和冒失。我正在违背这个规则，或许唯一可以欣慰的是，我的谈论对象约瑟夫·布罗茨基也在这么做，虽然他一定比我更具自我省察的能力，但依然还是带着一丝不安。《取悦一个影子》的第三小节就是从面对这样的不安开始。布罗茨基对此解释说，"批评家，在论述具有独特风格的作家时，不管是多么无意识地，都会采用他们的批评对象的表达方式。简单地说，你会被你所爱的东西改变，有时候达到失去自己全部身份的程度"。第三小节的主导动机，是爱。而那"爱得更多的一个人"，是"我"。

在爱的层面思索艺术乃至人类的真理，这是古典作家常用的方式。在柏拉图的《会饮篇》中，智者们接二连三赞颂天上的厄洛斯，但唯有等到阿尔喀比亚德闯入，对爱神的赞颂才落实到苏格拉底这个具体的人身之上。在古典哲人那里，爱首先是一种具体而微的一对一的关系，一种"人类物理学"，是一个人在被另一个人（或神）所吸引的情状下开始向上攀登，因为一个人要在爱中上升，所以爱一定不是某种旨在维持平衡的天平，那个爱得更多的人，一定也是被爱的力量推动向上的人。在此意义上，那些杰出的现代作家，无非是一些尚有力量不断回返古典怀抱的人。

我们由此可以理解，为什么在第三小节中布罗茨基开始花很大的篇幅谈论奥登的面孔，在他认识他之前，通过照片。"我们总是在搜寻一张面孔，我们总是想有一个可以实现的理想，而奥登当时非常近似于一个理想。"与此同时，我也有一个意外的发现，即布罗茨基文论的魅力很大程度建立在他对于引文功用的弃绝之上。我当然并非意指布罗茨基在论述中百分百地不引用他人，而是说，他几乎不依赖引文去推动词句的前进，这是他有别于诸如博尔赫斯这样类型的作家之处。他谙熟的是一种类似亲密交谈式的行文策略。一种几乎是一对一的，直面事物和问题本身的对话，一种依赖自身的思辨力和反省力缓缓前进的言说，在柏拉图的时代，人们称这样的对话和言说为辩证法。"因为诗人不是寻找承认而是寻找理解。"在另一篇分析茨维塔耶娃长诗《新年贺信》的文章里，他说道。在这一点上，严肃的现代诗人和古典哲人一样，某些时刻寻求的都是具体的、某一位倾听者的理解。而这样的、旨在寻求理解而非说服对方的言谈方式，也只有可能建立在爱的关系之中。那些发生在爱人之间的谈话，通常拒绝引文就像拒绝第三者，爱人们不会在争吵时引用莎士比亚或亚里士多德以壮声色，在亲昵中也不会。

似乎是为了抵消这种在爱中不断上升的重力，这篇文章的第四小节转入一种相对轻松的日常氛围，布罗茨基在此回顾了自己从奥登这里所蒙受的莫大恩惠。先是在未曾谋面的情况下，奥登就为他撰写了企鹅版诗选的导言，随后，在一九七二年的奥地利，刚刚被驱逐出境的布罗茨基又受到奥登热情的照顾，后者还帮助他安排和筹划未来在英美文坛的出路。他们一起去伦敦参加国际诗歌节的朗诵会。在那些日子，奥登执意请求他直呼其名（我们必须明白，并非每个人都随便有资格称呼奥登为"威斯坦"的）。"如果我曾经希望过时间停顿，那就是这个时候，在泰晤士河南岸那个巨大的黑暗房间。"这句话是这一小节最为强劲的音符，但也仅此而已，布罗茨基明瞭，自己面对的是一位具有可怕抒情才能的诗人，"结合了诚实、超脱与克制"，尽管这个人已逝去，但最好的回报方式仍旧是以他的标准行事。

第五小节是文章的最后一节，从奥登最后的日子谈起，结束于自己十年前最后见到奥登的那个时刻，遥遥地向第一小节的葬礼主题致意，但又是相对平静的。其中，布罗茨基轻描淡写地提到了克尔恺郭尔。我遂想起《恐惧与颤栗》草稿版的题记，

"写作吧。"
"为谁写作？"
"为那已死去的，为那你曾经爱过的。"
"他们会读我的书吗？"
"不会！"

奥登会读布罗茨基的《取悦一个影子》吗？不会。

3

过去这一二十年坊间能够看到的中文现代诗论，在其

最好意义上，也多半向着海德格尔论荷尔德林的路数而去，即强调基于某些核心词汇乃至概念的玄思，譬如一首诗里倘若反复提到"黑暗"二字，那么相关诗论务必先要做一篇关于"黑暗"的论文，诗句仅仅成为供论文佐证的例句。英美诗歌批评中最常见的文本细读，虽然早有引进，但实质影响并不大，一方面或许因为时人的汉语诗歌并没有多少能够真经得起细读，另一方面大概也是翻译糟糕的缘故。前两年有王敖编选翻译的《读诗的艺术》一书，挑选了主要是英美系如肯尼斯·勃克、海伦·文德勒、理查德·威尔伯、奥登等人的诗歌细读文章，著译俱佳，算是空谷足音，但毕竟散金碎玉，没有形成气候。

布罗茨基《小于一》中有两篇超级长文，《一首诗的脚注》细读茨维塔耶娃的长诗《新年贺信》，还有一篇就是《论W.H.奥登的长诗〈1939年9月1日〉》，我建议每个对诗歌这门艺术稍有兴趣的读者都把这两篇文章悄悄作为试金石，去检验一首诗，一篇诗论，进而，去检验自己对于诗歌的认识程度。但从另外一个角度来看，这两篇长文又是和整本《小于一》不可分割的，它们之于《小于一》的关系，有点像压舱石之于船，如果没有它们，这艘船会受制于某种政治隐喻的轻薄风向，而如果没有这艘船，石块或许也会沉入水底。更为重要的是，这两篇文章唯有和诸如《取悦一个影子》这样因爱之名的文章置于一处，才能让我们更明确地感受到，爱如何具体在语言中实践和完成。

爱是一种具体的关系，并在关系中得以澄明。语言尤其是诗歌语言同样也是如此。在一首诗中，重要的不是你说出的某一个词，而是你围绕这个词又说出的第二个词，第三个词……是词与词乃至句与句之间的关系，构成了具体的诗意。这和音乐非常相像，一首乐曲可以从任何一个音开始，一首乐曲也并非要创造新的音符或调性，而是创造音符与音符之间、调性与调性乃至无调性之间的崭新关系。按照布罗茨基自己的话说，"是第二行而不是第一行表明你的诗的韵律走向"。因此，要想有效地谈论一首诗，首先唯有细读某些外部和内部的关系，这首诗和那首诗之间的关系，这首诗内部一个词与另一个词之间的关系，一行诗与另一行诗之间的关系。

《一首诗的脚注》和《论 W. H. 奥登的长诗〈1939 年 9 月 1 日〉》为我们展现了布罗茨基令人晕眩的细读技艺，在各个层面上,这种技艺首先都基于敏锐的听觉。譬如这样的表述,"……'在第五十二大街'的三个重音,使得这句子坚固和直接如同第五十二大街本身……这两行诗中对重音作出的节拍器式的分配,强化了做学问特有的不动感情,但敏锐的耳朵会在遇到'这整个冒犯'时竖起来细听……请注意这个通过'made'(驱使)来联系'mad'(疯狂)和'god'(神祇)的三音节押韵所蕴含的美……请注意奥登在这里做了什么。他做了不可想象的事情:为爱提供了新押韵:他拿'爱'(love)来与'佳吉列夫'(Diaghilev)押韵";或是这样的句子,"一个诗人是这样一个人,对他来说,每一个词语都不是思想的终点而是起始;他在说出了'rai'(乐园)或'tot svet'(来世)之后,一定会在精神上踏出下一步,也即为它找到一个韵脚。于是'krai'(边缘/王国)和'otsvet'(反映)便出现了,从而延长了那些其生命已结束的人的存在"……好了,我必须在引用时适可而止,否则就只有把整个文章全部重抄一遍,而当我在一篇现代诗论中看到这样层出不穷的基于听觉和灵魂感官的具体认知,以及随之而来的教人眼花缭乱却细致入微的韵式分析,不知道为什么,我会觉得特别的感动。"对一位诗人来说，词语及其声音比意念和信念更重要"，我不仅在目睹这样纯正踏实的诗人宣言，也在目睹这样的宣言如何自然地在一个诗人的文字中实现。

对布罗茨基而言，精神和韵脚是一致的，语义学与语音学是一体的，后者甚至还处于优势地位。他一再强调诗学语言凭借韵律和节奏的自我生成特质，"诗学语言拥有自己的特殊动力，并赋予心灵运动一种加速度，把诗人带往比他开始写诗时所想象的还要远得多的地方。不过，这事实上是创造性活动的基本机制；一旦与它接触，一个人便永远拒绝所有其他思想和表达——传递——模式"。这并非对生活的逃避，而是对生活的创造；并非什么"偏要把格律学拔高至形而上学的怪异奇谈"（库切《布罗茨基的随笔》），而是尝试将形而上学拉回至大地上具体肉身的不懈努力；一个人唯有领略过这样崭新的生活，唯有忠实于具体的情感遭际，他才有可能更好地与现实相处，既不屈从于邪恶和暴政，也不屈从于任何"抽象的正义、笼统的善行"。

4

迄今为止，我仅仅涉及了这本书的一半内容，而盘桓在中国几代文学青年集体记忆中并令他们牵肠挂肚的，其实只是另一半的内容，是一个流放者对于极权社会里的日常生活、政治体制乃至文学状况的回忆、审视与反思，作为一种人所皆知的参照物和借力打力的工具。

但我对此却并没有什么更有价值的话要说。我只知道约瑟夫·布罗茨基一直拒绝在流亡地展览自己的创伤，拒绝用怨恨和控诉代替自我省察，并坚持教导学生"要不惜一切代价避免赋予自己受害者的地位"；我只知道他一直没有失去自己作为一位白银时代传人的基本教养，即把自己抛入时间和语言的洪流中，坚持与那些永恒者为伴。

在上个世纪八十年代行将结束的时候，国内曾流传过一篇叫作《我们这一代人的怕和爱——重温〈金蔷薇〉》的名文，向那些在严酷的政治环境下饱受蹂躏却依旧能奉上同情、温柔和爱意的俄罗斯灵魂致敬，只是，后来的现实表明，当时的作者恐怕过高地估计了《金蔷薇》对他们那一代人的影响，他们那一代的很多人，在"怕"之后接踵而至的，并不是"爱"，而这也像病菌一样感染了后来的几代年轻人。

"每逢你要使用某个贬义词，不妨设法把它应用到自己身上，以便充分体味那个词的分量。如果不这样，则你的批评充其量只是为了把一些不愉快的事情清除出你的系统，如同几乎所有自我疗法一样，它治愈不了什么……"我愿意把布罗茨基的这段话贴在书桌前，作为一种时时刻刻的提醒。

一种痛苦，抑或很多种痛苦，何以必须经由某种非痛苦的方式表达出来，何以必须通过此种方式表达才有可能更为庄重、有力，更不虚妄，我想，这或许是《小于一》中诸多回忆文字能够给予个人的最大教益，而这种"非痛苦的方式"，在其最严苛的意义上，就是爱的方式。我在阅读《一个半房间》这篇文章的很多个瞬间，都仿佛在黑暗中观看《星际穿越》，某种程度上克里斯多弗·诺兰是对的，爱和写作，才是这个世界最恒久存在的科幻，那种穿越一切时空的阻隔抵达亲爱者房间边缘的奇迹，其实一直就存在，而构成任何虫洞、超立方体乃至时间通道的主要成分，就是爱。从爱和教导的层面，我把《小于一》中的这些回忆文字也称作文学批评。

> 但愿我，虽然跟他们一样
> 由厄洛斯和尘土构成，
> 被同样的消极
> 和绝望围困，能呈上
> 一炷肯定的火焰。
>
> （奥登《1939年9月1日》）

注：本文未注明出处的引文，均来自黄灿然翻译的约瑟夫·布罗茨基《小于一》，浙江文艺出版社2014年9月版，恕不一一标明页码。

求爱于无生命者

1

在文集《悲伤与理智》的最后一篇《悼斯蒂芬·斯彭德》里，有一段布罗茨基回忆他在伦敦皇家咖啡店和斯彭德聚会的情景，他们开列"本世纪最伟大作家"的名单，普鲁斯特、乔伊斯、卡夫卡、穆齐尔、福克纳、贝克特。"但这只到五十年代为止，如今还有这样的作家吗？"斯彭德问布罗茨基。"约翰·库切或许算一个。"他回答道，"一位南非作家。或许只有他有权在贝克特之后继续写小说。"

第二年，确切地说是一九九六年二月，《纽约书评》发表库切为《悲伤与理智》撰写的书评文章，此时布罗茨基刚刚猝然离世，而库切文章中并无流露，可以想见这篇长文并非为死者而作的急就章，而是对在世作家新著的反应。这篇文章先后有过两个中译（汪洪章与王敖），坊间很容易找到，可以说是《悲伤与理智》一书在中文世界迄今可以参考的最重要的评论。然而，这是一篇库切式的苛论，就像他试着在另一篇文章里用类似的苛刻方式评论艾略特一样。事实上，同样是流落异乡的作家，弥漫在库切文字中的身份焦虑感要远远大于艾略特和布罗茨基，在他的评论中，一种学究和小说家式的、企图给每个人做一个看似公允持平的身份界定的冲动，时常胜过了审美和爱欲的冲动。某种程度上，我猜测，布罗茨基可以理解小说家库切，但库切未必能够理解作为诗人和文论作者的布罗茨基。

诚然，库切在《布罗茨基的随笔》中的有一些判断当属准确，比如他说《悲伤与理智》整体不如《小于一》那么强有力，有几篇凑篇幅的发言稿、致辞和攻击性的游记拿掉或许更好；比如他说布氏在某些公开演讲中的议论时常有大而无当和居高临下之嫌，在其喜爱的反讽方面则时常拿捏不好分寸，似乎"没有完全掌握反讽幽默中的细微之处，而那是外国人掌握英语的最后一个层面"。

2

和《小于一》一样,《悲伤与理智》是一部大块头文集,甚至体量可能还超过《小于一》,但目录页依旧是标志性的寥寥一面。这是我理想中一部文论集的样子,足够分量,却有着轻盈简洁的目录,它意味着作者的写作绝非泛滥无旨归,而是可以在他所心爱的窄域里走到超乎想象的远。而写作,如果不能走到比想象还远一点的地方,就收效甚微。那些为数不多的、由几十个小节缓缓构成的超长文章,阅读它们就宛如置身于一架巨大的飞行物中,在沿着跑道缓慢而持久的滑行中,你有时会忘记飞行这回事,会习惯那渐强的加速,甚至走神,分心想一些其他的事,等到某一刻你回过神来,已经身处蔚蓝无垠的天空。

若是从更为纯粹的角度,《悲伤与理智》确可拦腰拆成两本书,从《战利品》到《致总统书》是一本书,从《悲伤与理智》至《悼斯蒂芬·斯彭德》是另一本书,并且都不输于现有的诸多文论出版物。我会更喜爱后一本,它是更为精纯的诗论之作,由两篇对弗罗斯特和哈代的诗歌分析、两篇朝向古罗马作者的沉思、一篇里尔克长诗的细读、一篇已故诗人的悼文以及一篇谈论创造力的短文构成。我相信,其他的一些写作者,比如博尔赫斯,也会喜欢这种拆分。最近国内出版社照原著样式重新出版了博尔赫斯全集,从小说到随笔,都是一本本的小书,它们拥有蓝色晶体致幻物般无与伦比的密度。但我也同样相信,倘若布罗茨基重新再来编选,他会依然如故。这里面或许有他作为诗人不恰当的自信,但更多的,可能还是他对于诸如恢弘、辽阔、漫游之类气质的内在偏爱,类似于某种绝不愿意说出口的怀乡病。

3

抛开成书的因素,《悲伤与理智》里面的文章其实都需要一篇一篇的具体谈论而不是概而论之。从布罗茨基的每篇文章里拎出几个警句来咂摸一下是容易的,更为有益的方式却是进入其行文的肌理中,去体味那些即便在成名作家那里也可能具有的某种普遍性的写作陷阱和困境,以及那些布罗茨基特有的卓绝之处又是如何在无声无息当中抵达的。

《旅行之后，或曰献给脊椎》会是一个好例子，用以证明一个人不应该在焦躁易怒的状态下写作，即便是写作日记或日记一般的游记。这篇文章记录一次在国际笔会名义下的里约热内卢之旅，至少在布罗茨基的感受里它是糟糕乏味的。糟糕大概是遇见了几位来自他极为痛恨的体制下的腐化同行，乏味则更多来自对这个混乱且缺乏历史深度的现代城市的无感，更何况，他来到里约的第二天就在海滩被人偷去了钱包和手表。他描述了这次为期一周的国际文学会议的种种造作、轻浮和虚荣，本身颇具警示，尤其对于我们周围那些正忙于跻身国际主流的诗人作家以及怀着羡慕目光仰视他们的文学爱好者而言，但假如换成一位更为冷静的小说家比如毛姆或索尔·贝娄来描述，场面会更加可喜有趣也更富教益一些，而不是我们如今所看到的、一团沉积在脊椎中的怒气。在这篇游记中，布罗茨基违背了日后他反复重申的两个原则，第一，在使用每个贬义词时，先把它们用在自己身上以体味其分量；第二，"不去关注那些试图让我们生活不幸的人们"，首要的事情是忘记他们而非谈论他们，因为，相较于言语上的声讨和抗议姿态，有意识的忘却是一种更能够刺痛恶魔的能力。当然，我们也要记住这篇文章是整本书中写作时间最早的一篇,彼时布罗茨基才三十八岁,还很年轻。

《一件收藏》写于一九九一年,被收入《一九九三年美国最佳散文选》。但我想,这"最佳"所指向的,或许只是这篇文章企图承载的主题,即由一小幅纪念间谍金·菲尔比的苏联邮票所引发的、横跨二战、冷战乃至苏联解体期间的政治思考。诗人当然可以在散文中去处理一些不熟悉的、诗学之外的主题,比如赫贝特在《带马嚼子的静物画》和《花园里的野蛮人》里所作的那样,但这首先需要的就不是联想和隐喻的才能,而是耐心、细腻、从容,以及通过写作这种敞开式的行动去逐渐拥抱和理解一个未知领域的愿望。在《一件收藏》中,我们看到的却是一个不断回避连续性思考的写作者,他左冲右突,东一下西一下,令读者和自己都筋疲力尽,因为他试图在行文中隐藏的不是某种深层的教诲,而是自己对一些领域的不甚了了。布罗茨基本意或许是想拒绝轻易的言说,像他在诺奖演说词里所说的,"谈论明了之事的缺点在于,这样的谈话会以轻易、以其轻松获得的正确感觉使意识堕落"。但显然,一个写作者不能仅仅依赖于修辞来抵挡意识的堕落。

4

一个写作者,在类似演说这样的公开场合中,很难表现得很好,除非他具有失明的博尔赫斯式的态度,"因为我们现在是朋友。我不是在冲着大家讲话,而是在跟你们中的每一个人交谈"(博尔赫斯《七夜》)。布罗茨基发挥最好的文章,都是他面对一些深爱作家时的近似低语式的交谈,他们通常都是死者,如同在《小于一》里他要"取悦一个影子",在《悲伤与理智》中,他要"求爱于无生命者"。

弗罗斯特的抒情短诗《步入》、讲述孩子夭折后一对夫妇对峙场景的叙事诗《家葬》;哈代写在世纪末的《黑暗中的画眉》、为泰坦尼克号沉没所激发的《两者相会》、哀悼已逝爱人的《你最后一次乘车》,以及思索自己死后场景的《身后》;还有里尔克的长诗《俄耳甫斯·欧律狄刻·赫尔墨斯》,重写那个古老的神话题材,歌手俄耳甫斯寻找爱人的阴间之旅……种种布罗茨基在那些强有力的诗论长文中所选择细察和分析的诗作,无一例外,都和死亡有关。"我的阴郁源自他。"在讨论弗罗斯特诗歌的《悲伤与理智》一文中,布罗茨基如是说道。这种构成其最好文章基调的阴郁，无可避免地，来自对死亡的沉思。

死亡，有一种能量，几乎没有哪一位诗人可以抗拒这种能量的诱惑，但它也是一种危险的诱惑。那些简单地想借助死亡的羽衣为自己诗歌增添魅力的诗人，要小心自己成为那个出卖影子的人，在获得短暂能量的同时，也在被死亡吞噬，丧失人之为人的更强有力的可能性。而对布罗茨基和他所深爱的那些诗人而言，与其喋喋不休地谈论和膜拜死亡，不如深入死的深处，如同俄耳甫斯深入阴间，去从死神那里尝试夺回那些至可宝贵的事物与情感；如同哈代如此清醒冷峻地沉思自己死后的景象，"如果他们听说我终于长眠，站在门口，／他们仰望布满星辰的天空，如冬日所见，／那些再也见不到我的人会有这样的思绪吗：／'对于这些奥秘他曾独具慧眼'"；如同弗罗斯特，让悲伤与理智相互对话，彼此点燃，好让真正的生活从中启动，让自我得以自由，让语言可以接近那些无生命者，接近物，它们代表一种更为恒久的存在。

一个对诗歌有兴趣的读者，应该将这些文章一字不漏地细读（当然，关于里尔克那篇长诗的分析，如果参看李永毅（灵石）的译诗版本会更具说服力），它们是难得的助人迈入诗歌之门的教材,不同于新批评派时常流于隔靴搔痒的鉴赏分析,也不同于国内诸多把诗歌当作分行散文进行理念阐发的论文,而是出自一位公认为杰出的诗人,他要力图讲述的,正是另一位诗人贺拉斯在《诗艺》里所要澄明的:"如果我不能追踪格律的演替,不熟谙／各类作品的风格,为何被称为诗人?"

5

奥勒留和贺拉斯,两位古罗马人,是这部文集的压舱石,抑或,是呼啸向上的飞行器在摆脱掉诸多推进器之后、在那个狭小的最后密闭舱里除作者之外仅剩的两个人,在群星之间,一个类似于死后之所的静谧领地,作者尝试与这两人作一番星际穿越般的交谈。

《向马可·奥勒留致敬》和《与贺拉斯书》,展示了布罗茨基在古典领域的修养。这种修养是整体性的,并沁入骨髓,它导致了一种与作者过去警句迭出的宣讲文风截然不同的沉思语调。在古今之间,在罗马的城与人之间,在哀歌和自我之间,布罗茨基来回游走,却并非炫技性的,而是服从于思绪的漂移。而这漂移的前提，是对所谈论对象的熟极而流。因此，这两位古典作者，奥勒留和贺拉斯，在布罗茨基的笔下时时刻刻都是以一种共时性的方式出现的，他面对他们像是面对已经完整存在于那里的青铜雕像，而非一种渐次长成的生命，那不断变化的，是他本人，是他审视他们的角度，而非业已完成的他们。

如果《沉思录》是古代，那我们就是废墟。即便这仅仅是因为，我们相信伦理学拥有未来。至少，伦理学是一种当下的准则，在这方面它或许是唯一的，因为它能将每一个昨天和每一个明天都变成现在。它就像一支箭，在它飞翔的每一个瞬间都是静止不动的。

因为他是一块海绵，而且是一块患忧郁症的海绵。对他来说，理解世界的最好方式（如果不是唯一方式的话），就是列出世界的内容。

这既是在谈论那些古罗马的作者，也是布罗茨基在谈论他本人。面对奥勒留和贺拉斯的时候，他几乎就是在列出他所认识到的古典世界的全部内容，以期获得和他们对话的资格，这也是向无生命者求爱的唯一方式。它注定得不到任何的回应，这是教人感伤的。但或许也正因为如此绝望，美学才能重新转化成伦理学；那种企图说服和教诲他人的诱惑，才能重新转化成对于自身无知的不懈探索；而过去的丰富和未来的不确定，也正是在这样感伤的沉思中，转化成此时此地的生生不息。

私人文论

哈罗德·布鲁姆和《如何读,为什么读》

还是年初的时候,我在书店里看到哈罗德·布鲁姆的《如何读,为什么读》,翻了翻由一堆名作家和作品构成的目录,就放下了。我有阅读西方文论的习惯,之前引进的几本布鲁姆著作也读过,《影响的焦虑》和《误读图示》建构了几近原创性的理论批评框架,《西方正典》则是一次恢弘华丽的实用批评展示。而眼前的这本小书呢,我很难想象在这么短的篇幅里能容纳对那么多作家作品的细致分析,面对这一类导读式的书籍,更深一层的矛盾也许始终在于,倘若这些作品我都读过,为什么还要另一个人来教我读书;

倘若这些作品我没有读过，又为何要把时间浪费在类似二手烟一般的粗略的二手阅读上？

所以我把这本书放下，作为补偿，挑了一本同样刚出版的奥兹的文学随笔集《故事开始了》，至少，可以从中了解一下名小说家是怎么处理和认识最难写的开头吧，与其纠缠于如何读和为什么读，不如老老实实读点什么，我当时就是这么想的。

过了一段时间，意外有朋友送了我一本《如何读，为什么读》，抱着随便翻翻的心态，在上下班的地铁里打开这本书，才读了几页，就知道自己错了，随后几个月又反复重读过几次，诗经里有"邂逅相遇，适我愿兮"的句子，大抵可以表达我阅读这本书时的感受。

蒙田曾写过一篇《论书籍》，在文章的开头他自陈，"我并不企图让人凭这些来认识事物，而是要认识我"。这句话也适用于布鲁姆的这本小书，它并非通往那几十位经典作家和作品的速读捷径，它要让人认识的，是一个一生浸淫于阅读中的人，如何被他热爱的经典所滋养，扩充，如何站在那已注入无数生命的时间之河中，和那些摆脱时间独裁的人一起分享同一种人之为人的卓越天性，终于有一天，他慢慢成为现在的样子。

写这本书的时候布鲁姆六十九岁，他说，"我快七十岁了，不想读坏东西如同不想过坏日子，因为时间不允许"。这句话的潜台词是，时间更不允许他再写什么坏东西。布鲁姆年轻时写的东西倒也不坏，只是还太理论化，理论化的东西再好，审美批评的趣味再纯正，因为没有触及人自身，也还不能令写作者真正满足。老年布鲁姆则把一切理论框架和学问体系都放下，直接面对生命最根本的问题，读书也好写作也好，他要满足的，首先是自己。这种从学者向着哲人的转变，每每让我想起钱穆。现在对钱穆的评价可谓褒贬不一，但几乎都集中在他早年那些博得大名的学术著作上，但对我而言，于钱穆之所以尚觉亲切，是因为读过他晚年的几本书，如《中国文学论丛》《现代中国学术论衡》，我觉得他在失明之后，反倒碰触到了中国文学乃至中国文化的一些根本性的东西，这种根本性的东西，都是和人自身有关，所谓"通天人一内外"，最后都是在人身上完成。晚年钱穆的不足在于对西方认识肤浅，一味区别贬抑，如今布鲁姆的这本小书恰可作一中和，从而教人晓得中西思想在最深层次是可以相互印证交流的。

在前言里布鲁姆讲："'如何读'这个问题，永远指向读的动机和用途，因此我绝不会把本书的主题'如何'和'为什么'分开。"这句话相当重要，一个读书人最后能成为什么样子，就取决于他对"为什么读"这个问题的思考。对布鲁姆而言，每一个人都是慢慢形成的，一生绝对不够，但我们只能尽力而为，而阅读的最佳动机和最好用途，就是帮助我们在这短暂的一生中尽可能地形成自己。他引用塔尔封拉比的话，"你不一定非要完成工作，但你也不能随心所欲停止"，理查德·罗蒂正确地理解了布鲁姆的意思，他对此评论道，"这个工作指的是拓展自己。这需要时刻准备着被明天将要经历的事情推翻——接受这种可能性：你要读的下一本书，或你要遇到的下一个人，会改变你的生命"。这是相当激动人心的工作，不断地改变自己，无穷尽地拓展自己，寻找自己，最终形成一个坚定且又丰富敞开的自己，这是尤利西斯从事的工作，是浮士德从事的工作，也是莎士比亚从事的工作，这是西方思想最深处的活力源泉。正是在这个意义上，布鲁姆才对莎士比亚顶礼膜拜。

"诗可以帮助我们更清楚和更充分地跟自己讲话，以及无意中听到那讲话。莎士比亚是这种无意中听到的最雄伟的大师：他的男人和女人是我们的先驱。我们跟我们自己身上的另一性讲话，或跟也许是我们自己身上最好和最古老的东西讲话。我们是为了找到自己而读，这自己要比我们在别的情况下可能希望找到的更充分也更奇异。""只有深入、不间断的阅读才能充分地确立并增强自主的自我。除非你变成你自己，否则你又怎会有益于别人呢？"无论谈论的是诗歌、小说还是戏剧，在这本小书的每个角落，布鲁姆都一再回到那个"为什么读"的根本问题，一再回到自身，老婆心切，又不觉重复，因他不断地变调，不断地回荡，不断地令人振奋。

施特劳斯的弟子斯坦利·罗森曾感慨，"二十世纪下半叶由劣质的诗所导致的厌倦"，让有志更新自我的青年纷纷重返古希腊，回到最初爱智慧的哲学。这种"劣质的诗所导致的厌倦"，我想身处汉语氛围中的当代中国读者应当更有体会，很多人也因此走上重新理解古典的路，在这样的背景下，哈罗德·布鲁姆的这本小书，至少提供了另一种选择，那就是经典文学作品和作品背后那些伟大的创造者，同样能帮助我们找寻兴奋和希望，同样能帮助我们奋力抵达未来的某处。

乔纳森·卡勒与《文学理论入门》

这些年,国内译介的现代后现代文学理论不在少数,但产生的效果,似乎和某些国家购买高精尖武器一般,只获得了操作权,核心技术还是一无所知。甚至,译文每每出于理解无能而产生的云山雾罩,竟牵引弥漫出骄横浮夸的文风。"贤者以其昭昭使人昭昭,今以其昏昏使人昭昭。"

卡勒晚近所写的这本绍介性质的小书,可以说是对"理论"的核心技术的一次精彩演示。在书的开头,他再次援引十五年前在《论解构》一书中引用过的理查德·罗蒂的话,"自打歌德、麦考利、卡莱尔和爱默生的时代起,有一种文字成长起来,它既非文学生产优劣高下的评估,亦非理智的历史,亦非道德哲学,亦非认识论,亦非社会的预言,但所有这一切,拼合成一个新的文类",这种新的文类,卡勒以为可以姑且名之为"理论"。"理论的本质是通过对那些前提和假设提出挑战来推翻你认为自己早就明白了的东西,因此理论的结果也是不可预测的。即使你无法最终掌握理论,你还是取得了进步。你对自己阅读的内容有了新的理解，你针对它们提出了不同的问题，并且对这些问题的意义有了更清楚的理解。"

在这个意义上，理论并非僵化成标准答案的概念和术语，也不是学派之间无休止的争斗以及作为争斗结果的某种历史进化假象，理论更不是某种用于敲打、解剖乃至震慑他人的武器，理论是对已存在的世界和自己的综析、发问和省思，是对一些人类思想基本问题的一再重返，遂也是生生不息的源头活水。

又谈到何谓"文学"，卡勒说："所谓'文学'，即一种约定俗成的标志。它让我们有理由期待我们努力研读的结果是不会辜负那一番苦功的。"我们现在很多人不愿意再读所谓当代文学，也是因为当代文学每每辜负我们花费的苦功。和研读理论一样，我们意欲在对诗歌和小说的研读中收获认同，辨识自己，并在这样的认同和辨识中慢慢成长和被塑造。于是，文学和理论，其实可以作为两个同义词存在，而正是这两个同义词的强有力的并列，才实实在在构成了正在到来的、新的文类。

德勒兹和《批评与临床》

今天在中国流行的诸多法国现代后现代哲人,在我看来,他们首先是深谙文体之道的作家,而非贩卖理论武器的军火商。德勒兹是其中又一个例子。

德勒兹的书,我之前没有仔细看过,只是经常在各种国产论文中看到对所谓"游牧""生成"等德勒兹式概念的操练,让我对他并无好感,直到看见《批评与临床》。这是作者在巴黎自杀前的最后一本书,在这本晚年著作中,德勒兹终于暴露出一个作家的面目,回归其心心念念的根本问题,即关于写作的问题。他援引普鲁斯特的话,"作家在语言中创造了一种新的语言,从某种意义上说类似一门外语的语言,他令新的语法或句法力量得以诞生"。于是,从刘易斯·卡罗尔到贝克特的电影,从尼采到柏拉图,从斯宾诺莎到康德,从惠特曼到劳伦斯,德勒兹以他的广博和举重若轻,向我们展现形形色色写作者背后共同的秘密,属于写作本身的秘密。

在第一章《文学与生命》中,德勒兹认为,"文学的目标在于,生命在构成理念的言语活动中的旅程"。文学的目标是一种生命的宛若未知旅程般的可能性，这种生命的可能性在文学中表现为言语活动的可能性，并且这是有能力构成诸种理念的言语活动。随后的十六章针对具体作家的实用批评，都可以视作这一理路的演绎，其中《巴特比，或句式》一章，堪称宏伟。德勒兹从梅尔维尔笔下的小说人物巴特比的一句拗口的惯用语"我情愿不"入手，层层展开，将梅尔维尔全部作品乃至欧陆文学统统裹挟进来，最终逼至那个在梅尔维尔作品中挥之不去的最高问题，即对某种既反对特殊性又质疑普遍性的所谓"独特者"的渴求，以及伴随的失败，他引用劳伦斯的话，"这是新弥撒亚主义，或美国文学对民主的贡献：与救赎或慈善的欧洲道德不同，这是一种生活道德，灵魂只有在漫无目的的地上行走时才能实现，令自己接触到各种事物，从不试图去拯救其他灵魂，远离那些发出太过专横或太过痛苦的声音的灵魂，跟与它同等的灵魂共同建立起一些哪怕是太过短暂或不够坚决的约定，除了自由没有其他成就，时刻准备着解放自身以实现自身的完满"。

在这本著作中，德勒兹不止一次地对美国文学致以注目。除了惠特曼、梅尔维尔，他还提到过 E. E. 卡明斯，卡明斯诗中那些"不合语法的句式",正如巴特比的口头禅,并不是胡乱而为的,而是对种种合语法变体的极限追求,在这样的追求中,视觉和听觉得以不停地磨砺,像是一个积极的人,在健康中创造,在创造中保持健康。

昆德拉和《帷幕》

我把《小说的艺术》《被背叛的遗嘱》和《帷幕》视作昆德拉的文论三部曲,有时甚至觉得,那个写小说的昆德拉并不重要,他写下那些略显啰唆和矫情的小说,也许只是在积攒经验,为了有一天能够写出这三部不朽的小说诗学著作。但进一步的真相是,对写作者而言,即便如此,这个写作的次序依旧不能够跨越,或颠倒。

一个小说家谈论小说的艺术,并非一个教授在他的讲席上高谈阔论。更应当把他想象成一个邀请您进入他画室的画家。画室内,画作挂在四面墙上,都在注视着您。他会向您讲述自己,但更多的会讲到别人,讲他喜欢的别人的小说,这些小说在他自己的作品中都是隐秘存在着的。根据他自身的价值标准,他会当着您的面将小说历史的整个过去重铸一遍,并借此来让您猜想他的小说诗学。这一诗学只属于他自己。

这是昆德拉在谈论贡布罗维奇,同时也是在坦陈自己理论思考的特殊方法:即小心翼翼地避免学者的行话和空话,坚持回到一个个具体场景之中。这样的思考毋宁说是一种呈现,它注定令人愉悦,但同时也是很难被概括的。我在《帷幕》一书里留下很多折页,但合上书,如果被问及这本书在说什么,我并不能回答,那些丰盛的细节与故事有如海水,我无法将它们打包带走,只能一再地重新进入其中,重新让它们浸润自身。事实上,小说家的天生特质,就是反对一切的概括,他是独断论和一切社论式写作的敌人。所谓"人类一思考,上帝就发笑",这句话在昆德拉那里更为本真的内涵是,"小说家一思考,读者就发笑"。

思辨的背面是抒情,正如哲学的对立面是诗。在诗人和哲人的古老争执之中,小说家扮演的角色,是紧张凝重空气中嗤笑的精灵。"在一个小说家的创作历程中,向反抒情的转变是一次根本性的经验；远离自己之后，他突然带着距离来看自己，惊讶地发现自己并非自己以为的那个人。有了这一经验之后，他会知道没有一个人是他自以为的那个人，知道这一误会是普遍性的、根本性的，从此他会知道如何将喜剧性的柔光投射到人的身上。"

"没有一个人是他自以为的那个人。"这句话可以作为现代小说所奉献的铭文，置放在阿波罗神庙的角落里，用来验证"认识你自己"其实是一句多么严峻和满怀悲悯的告诫。而人类这种普遍和根本性的自以为是，不正是小说要致力撕裂的帷幕吗？

毛姆和《总结》

每个喜欢阅读和写作的人，总会时常被迫面对类似"你喜欢哪个作家"这样的问题，每逢这种时候，我都会在一番吞吞吐吐的含混其辞之后，抬出毛姆这个名字。其实，我并没有读过他太多的小说，常见的几本，《月亮与六便士》《人性的枷锁》《刀锋》《剧院风情》，是读过，但也就像读任何外国小说一样，浏览过一遍而已，如今要复述任何情节或细节，根本做不到，更要命的是，我也并没有要去追读他全部小说的热情，或者，我本质上就缺乏某种热情，这一点，倒是和毛姆本人有些接近。

在我心目中，与其说毛姆是一位杰出的小说家，不如说他是一个值得交往的人格健全的朋友，虽然他口吃，碰巧我也微微品尝过其中之苦，因此对我而言口吃也成为健全人格不可或缺的一部分。我一直认为生活比艺术重要，而伟大的艺术作品往往拥有某种侵蚀生活的毒素，按照荣格的说法，为了行使创造的艰难使命，艺术家有时必须牺牲作为普通人的幸福，他的生命分裂成两半，一半在创造中上升，一半在生活中沉沦。我们尽可以为了追求某种子虚乌有的东西而拼命折磨自身，但若是在生活中遇到类似的人，我们也许就会退避三舍，我们人性中有懦弱的一面，就是希望见到身边的人可以生活得明智、愉快和健康，而毛姆的文字中如果有毒素，也是极其轻微的，这一方面妨碍了他进入最伟大作家之列，但另一方面，这微量的毒素却有效地构成了某种类似病毒疫苗般的东西，令人们可以抵御形形色色的文化流行病的侵害。

如果在毛姆著作中挑选出一本，我会毫不犹豫地选择

《总结》。他自认这本书是一份在六十四岁的老年立下的遗嘱，人们通常不会在遗嘱中谈论琐事和八卦，是的，毛姆所要致力讲出的，是关于他生命历程中特别感兴趣的事物的想法，简而言之，就是关于自身、写作乃至生活本身的想法。我最欣赏他对自己的缺陷和局限有清醒的认识，却并不奢求完善，终其一生，他要奋力达到的，是在这个缺陷和局限之内的自己所能达到的最优秀境地，无论作为艺术家，还是作为人。

热内和《贾科梅蒂的画室》

热内的文字有一种特殊而耀眼的坚定性，这得益于他只在最必要的时刻写作，宛若钻石，其无坚不摧的力量源自它对空间最小程度的需要。这种坚定性贯穿他的一生，使其最终从这个复杂世界中聚集收拢的，不仅仅是孱弱的自我，而是完整的人，即便他破裂、沉默、悲伤，依旧完整，如同碎掉的每一粒钻石都依旧是完整的钻石。

毕加索说，《贾科梅蒂的画室》是他读过的最好的艺术评论。我不需要这个判词来增加对热内文字的信心，但这个判词增加了我对毕加索的好感。并且，我也必须鹦鹉学舌般地重复道，《贾科梅蒂的画室》是我读过的最好的艺术评论。

现在一种分类癖式的评论大行其道，它和当代艺术史文学史的生产结合在一起，使得所有鼓捣艺术和文学的人都有了归属感。一个人也许远远称不上杰出的艺术家，但在女性艺术家这个范畴里呢，抑或再用新生代少数民族女性艺术家这个子科目试试？倘若他是男性，那么大概要复杂一点，艺术种类、材料、风格、活动区域甚至出身都可能会有助于对他的界定。事实上，这种分类癖不限于评论领域，它已经成为现代社会的基本思维方式，流行的说法叫作定位，在由无数分类标准所交叉形成的网络中，每个人只要愿意，都有幸被钉在某个独一无二的骄傲位置上。

在这个意义上，热内应被视为一个不合时宜的古典存在，萨特满怀敬意地在他的名字前面加上"圣"字，也昭示了这一点。热内说："我不太理解艺术中所谓的创新。一件作品应该被未来的一代代人理解吗？但为什么呢？这意味着什么呢？他们要使用它吗？用它来干什么？我不明白。但我却模糊地认识到，所有的艺术作品若想达到最高境界，必须从创作它的时刻起穿越千年,带着无限的耐心和专注,尽可能连接起满是死者的远古之夜,这些死者将在这作品中认出自己。"分类,分裂,繁衍,创新,这些同义词和"无所不知的知识分子式的愉悦"搅和在一起,构成现代社会奔涌向前的激情,但艺术家的激情却与之不同,他们努力返身靠拢那些死者,那些已经完成的人,抑或,人的理念。

热内说:"我想试着理解一种激情,去描述它,而不是解释艺术家的技巧。"

在贾科梅蒂的雕塑、伦勃朗的绘画,以及自身的领悟中,热内不断地意识到的,是同一个悖论式的真理,即一个人越沉入自身最深处的孤独存在之中,就越有可能接近所有的人。

朱利安·格拉克和《首字花饰》

弗里德里希·施莱格尔《批评断片集》著名的第二〇六条:"一条断片必须宛如一部小型的艺术作品,同周围的世界完全隔绝,而在自身中尽善尽美,就像一只刺猬一样。"由此我们可以区分出两种断片形式：刺猬式的断片和烂尾楼式的断片。前者把巨大的才华向内收束，一面保持生生不息的欲望；后者则是懒惰、缺乏才华和虚荣的结合，企图把某种难以为继和混乱之物转变成作品，借助自欺欺人的命名术。

而单就某则断片本身，就做出此种区分式的判断，是困难的，或者说，很难令人信服。正如刺猬只属于生养它的原野，而一旦被另一个人据为宠物，就会很快死去，相较其他文体，断片更天然地渴求某种整全，也因此对作者就更为依赖。

朱利安·格拉克出版文学断片集《首字花饰》第一部的时候，已经五十七岁了，他最重要的几部长篇小说均已完成，完整鲜明的诗化小说风格已获世人认可。他之所以开始把写作的重心转向断片这种文体，不是因为虚构才能的枯竭，也不是懒惰，而只是厌倦了虚构，他愿意将更多的精力用在书写真实，通过断片式的观察、回忆乃至轻松愉快的沉思遐想，其中的有些风景速写片断，会让人想起布勒东对他的名小说《林中阳台》的赞美："在这种梦幻般的意象中，却让人感觉不到虚幻的气氛，而处处可见到的都是真实的景象。"

事实上，有能力书写真实的小说家，才有能力虚构。因为在小说中能够被虚构之物其实并不多，一种是最不重要的，比如情节；另一种，是最重要的，比如梦幻，在它们之间，是时时刻刻都在细微变化着的真实的生活。"从生理层面来说，人类并不赤裸着生活；从精神层面来说，人类也是一种盖着外壳的生物。"(《首字花饰2》)小说家的重要任务，不是去虚构一种新的生物，而只是把人类这种生物的外壳揭开一点，再揭开一点，但怀着同情和怜悯，所以是轻轻的，并不要血肉横飞。

《首字花饰》前后共两部，都已有中译，相对而言我更偏爱第二部，这首先有翻译的原因，其次也是因为，写作第二部《首字花饰》的格拉克，是一个更为成熟坚定的老人，而我们对于断片的兴趣，其实最终是对于出类拔萃的人的兴趣。

埃科和《一位年轻小说家的自白》

在《一位年轻小说家的自白》的末篇，作为对自己三场理查·艾尔曼文学讲座的总结，埃科辑录了自己在《无限的清单》里列举过的，除了图像、音乐之外的由文字构成的清单。他谈及清单的两种功能，在古典时代，"是最后的权宜之计，用来表达言语无法表达的内容，是错综复杂的目录，暗示着作者沉默的希望"；而到了拉伯雷之后的时代，清单"成了一种诗意的行为，一种对于'变形'的喜爱"。但在尽力的表达和自由的乐趣之外，埃科似乎一直在引而不发地暗示我们，清单还有一种更为重要的功能，尤其对于文学写作者而言。

我们今天大量的文学，都可以称作是某种心理文学或观念文学，它关心的是人心幽暗处的细微曲折，是诸如目标、烦忧、希望、畏惧、选择、梦幻等等隶属于人脑的观念，是一个具体的尘世肉身在各种观念和心理面前的辗转翻腾。从积极的意义上，这是一种对自我的勘探，但对于人这样如芦苇般脆弱的生物而言，这样的勘探也很容易沦为某种消耗和损毁。为了创造出动人的作品，艺术家渐渐榨干自身，这是现代以来无数写作者的运命。在这种情况下，一份通往外在世界的无尽清单，或者可以成为一种滋养，它时刻提醒写作者，他不仅仅只和另外一些同样脆弱不堪的人类心灵彼此纠缠，他还可以与一个更为广大坚实的天地相互贯通。

> 一部叙述文字的成形和宇宙起源、天体演化不无相似之处。作为叙述文字的作者，你扮演的角色就好比是一个造物主，你创造的是一个世界，而这个世界一定要尽可能的精细、周密，这样你才能在其中天马行空，游刃有余。

所谓"凝视深渊过久，深渊将回以凝视"，但每一个有抱负的强力作者并不会耽溺于凝视，他们各自都致力在深渊边缘创造出一个完整的、精细而周密的世界，这个世界不仅由一个个从生活中剥离出来的血肉模糊的故事构成，这个世界就是生活本身。倘若有一天，我们的文明崩毁，只要在断壁残垣中尚存几部杰出的人类之子的著作，过去的一切就有可能失而复得，就像暧昧不明的中世纪可以因为《玫瑰之名》得以短暂重现一样。这，或许也是类似翁贝托·埃科这样的"年轻小说家"能够给予我们的，最好的安慰。

帕慕克和《天真的和感伤的小说家》

在诺顿年度诗学讲座那不朽的讲演者名单中,其实小说家出现的机会并不多,在奥尔罕·帕慕克之前,二十年的时间里好像只有三位小说家受到邀请,卡尔维诺,翁贝托·埃科,还有纳丁·戈迪默。其中,卡尔维诺和埃科的讲演稿都已有了不错的中译本,分别是《未来千年文学备忘录》和《悠游小说林》,在小说文论这个领域都堪称杰作。

与他们相同,帕慕克的诺顿讲演集《天真的和感伤的小说家》也是一场对小说艺术的沉思;与他们不同,帕慕克的思考重心并没有放在那些业已完成的叙事性文本之上,他更关心的,是那个未完成的、正在写小说的人。

> 写作和阅读小说的活动有一种特别的层面,有关自由,有关模仿别人的生活和把我们自己想象成他人。写作小说最让人陶醉的一点,是我们发现小说家可以有意将自己置于小说人物的位置,在他进行研究、发挥想象的过程中,他慢慢地改变着他自己。小

说家不仅通过主人公的眼睛观看世界，他还逐渐变得与他的主人公相似。我喜爱小说写作艺术的另一个原因是它迫使我超越我自己的视角，成为另外一个人。作为一名小说家，我设想了许多他人，走出自我的樊篱，获得一种我以前不曾拥有的性格。在过去的三十五年中，通过写小说以及将自己置于他人的位置，我创造了一个更加细致、更加复杂的自我的版本。

关于写小说这件事情，米兰·昆德拉在《小说的艺术》中曾有过一个很著名的隐喻，"小说家拆掉他生命的房子，用石头建筑他小说的房子"，这种近乎于献身式的创造，是西方艺术家的传统，"在诗中永生的人，在生命中沉沦"（席勒），它让人震动，也教人不堪重负。但如今在土耳其作家奥尔罕·帕慕克这里，我们得以看到另外一种，和东方思想相亲近的认识，它坚持相信那正在建筑的小说的房子最终将成为小说家生命殿堂的一部分，它坚持相信，好的写作可以丰富写作者的生命，而不单单是贪婪汲取和消耗写作者的生命。

为了完成好的小说，写作者未必要拆掉自己生命的房子，但大概一定要将这所房子的门窗时常打开，让复杂的气流从四面八方纷涌进来，让种种难以解决的矛盾在房间中相互激荡。对创造和接受过程中必将遭遇到的种种悖论的理解和平衡，是帕慕克这本小书最为精彩的地方，它几乎主导了整个演讲的进程。

天真的和感伤的，帕慕克使用的这两个术语源自于席勒著名的论文《论天真的诗和感伤的诗》，在汉语文本中，这里的"天真"也常被翻译成"素朴"，而"感伤"一词更确切的汉语补充表达也许是"反思"。席勒区分了两类诗人，天真的诗人与自然融为一体，实际上就像自然一样，平静、无情而又睿智，天真诗人毫不怀疑自己的言语、词汇和诗行能够再现他人和普遍景观，能够彻底地描述并揭示世界的意义；相反，感伤的诗人沉思事物在他身上所产生的印象，他反复倾听自己，不确定自己的词语是否能够涵盖或是抵达真实，他的理智不断地在质疑自己的感觉本身。在帕慕克看来，席勒的论文不只是关于诗的，甚至也不只是关于普遍的艺术和文学的，而是关乎两种永久存在的人性。

一方面，我们会体验到在小说中我们丧失了自我，天真地认为小说是真实的；另一方面，我们对小说内容的幻想成分还会保持感伤——反思性的求知欲。这是一个逻辑悖论。但是，小说艺术难以穷尽的力量和活力正源于这一独特的逻辑，正源于它对这种逻辑冲突的依赖。阅读小说意味着以一种非笛卡尔式的逻辑理解世界。我的意思是，要有一种持续不断、一如既往的才能，同时相信互相矛盾的观念。我们内心由此就会慢慢呈现出真相的第三种维度：复杂小说世界的维度。其要素互相冲突，但同时也是可以接受、可以描述的。

相互冲突的线构成平面，相互冲突的面构成立体，相互冲突的人性构成一个人的一生，相互冲突的人生构成整个尘世，也许我们不清楚宇宙最终的维度，但通过写作和阅读小说，通过接受和描述那些互相矛盾的观念和无法解决的悖论，我们会慢慢有一种从低维世界中走出来的感觉，这种感觉，姑且称之为存在。"一部优秀小说中的每一个句子都会在我们心中激起一种深沉而又真切的感觉，使我们知道存在于这个世界上意味着什么。"优秀的小说教我们天真又感伤,在这里又不在这里,相互属于又彼此分离,帕慕克将小说家的努力比附于中国古典的山水画家,他援引高居翰的说法,"那个从高处一眼望去包揽一切、使中国山水画得以可能的视角实际上是虚拟的,没有哪位画家会真的在山顶上创造艺术作品","同样的,小说的创作活动包含寻找到一个虚拟的点,从那里我们可以看到整体。从这个虚拟的制高点,我们能够最清晰地感知小说的中心。"

"中心",是帕慕克诺顿演讲最后一节的题目,也是他六次演讲一直致力探寻的核心问题。对于很多从小就被迫在语文课上提炼中心思想、在政治课上背诵一个中心两个基本点的中国小说家,"中心"这个词,似乎和"真理""本质"一样,既是避之唯恐不及的塞壬女妖,暗中却又时刻在自觉不自觉地向它靠拢。杜威以来的西方思想家呼唤用艺术和文学作为新的救赎,以替代宗教和形而上学,但假如他们有机会浏览一下当代中国的小说,或许就会对这样的呼唤不再那么充满信心,因为在这里,无论年老的小说家还是年轻的小说家,他们大多数依旧是某种宗教或形而上学的狂热信徒，在从集体主义的迷狂中摆脱之后，他们转身开始信赖个人主义，而他们迫切需要表达和向读者揭示的中心，是他们自己，小说之于他们，是一面随身携带的哈哈镜，将他们渺小而孱弱的肉身放大，将世界缩小。

但帕慕克所说的"中心"与此无关。那些宣布小说已死的人永远也不会明白，小说并非某种以文本形式来表达自我见解和揭示世界奥秘的天真工具，而是一场有关自我创造和自我追寻的没有终点的感伤旅程。这旅程为严肃的小说家和读者所共同拥有，无论在写作中还是阅读中，他们都不仅是在努力传达或印证其个人的世界观，更重要的，是通过无数他人的眼睛观看世界，并借助这无数的眼睛来审视自己和自己正在进行的创作。在这样的写作和阅读过程中，一个人尝试把从来不曾在一起的两样东西并置一处，由此懂得生活并非只有自己想象的那一种形状，同时，他也慢慢懂得，生活是值得认真对待的，因为它可以被人们的决定所影响。有一些瞬间，置身于小说丛林中的他会感觉自己正在被一束来自高处的奇异而深沉的光照亮，光源尽管模糊难定，但却照亮整座森林，而他自己也得以在这样的光中慢慢地改变。这样的光,帕慕克称之为小说的中心。

巴迪欧和《爱的多重奏》

巴迪欧称赞柏拉图对爱的论述相当精确,"在爱的冲动之中,有着共相(普遍)的某种萌芽"。哲人们在谈论爱的时候,是最令人可亲的,或者说,也是最容易得到普通人共鸣的,在一种相似的冲动之中,他们弯曲各自的身体朝向对方,哲人成为普通人,普通人也有了些许的哲思。

巴迪欧将严肃的爱分为两种,朝向"一"的神话,和关于"两"的真理。在前者之中,爱成为某种救赎之物,"永恒的女性,引导我们上升",巴迪欧觉得歌德的这句名言总略带一丝淫秽感,爱似乎成为达臻某种高潮的工具,无论这高潮是有关身体还是灵魂。在朝向"一"的神话里,爱隐约会呈现出可怕的品质,它会将爱者或者被爱者吞噬,这是一切浪漫主义之爱的归宿,同时它也引发了一种怀疑主义的阴暗反弹,即认为爱不过是幻影不过是"欲望的外衣",此外,更为普遍的结果,是导致一种契约之爱的诞生，一种旨在安全、享受和无风险的爱。也许，神圣化和庸俗化总是结伴而行，然而，"爱并不把我们引向高处，也并不把我们带向低处。它是一个生存命题：以一种非中心化的观点来建构一个世界，而不是仅仅为了我的生命冲动或者我的利益"。

巴迪欧仔细研究过拉康。拉康曾经惊世骇俗地宣称，性关系根本就不存在，存在的只是借助他人身体来达到自我享乐的过程，对他人的欲望最终不过是为了揭示自身存在的快感。同时，拉康也谈到爱，他把爱视为一种性关系不存在之后的补充，"在爱之中，主体尝试着进入'他者的存在'，超越自身，超越自恋，从而与他人共同生存"，对此，巴迪欧进一步说，唯有在爱中，一种迥异于性关系的、从"两"而不是从"一"出发的人类关系得以真正形成，人们在爱中接受彼此的差异，或者说，人们就在彼此的差异中爱。

这是相当积极和健朗的态度。但是，当巴迪欧进一步谈到爱的持续，谈到忠诚的必要性和由忠诚所维系的、被主体建构出来的真理，尽管他强调这真理是内在的而非普遍命题式的真理，是有多少主体就有多少种类的真理，尽管他强调这真理是一种具体生命的实践行为，经历过理想主义暴政洗礼过的当代人依旧会觉得有些不安和困惑，其中有一种，正如特里·伊格尔顿所感受到的，一种乏味的神学家的味道，一种依旧要将天国拉至人间的激进主义态度。

或许，这样的态度唯有在艺术领域而非社会领域才有可能得到最大的理解和生存空间。这种爱能够弯曲我们的身体，令我们在生活的某些瞬间满怀痛苦或满怀喜悦地成为另一个人，并在其余的、更为持久的时间里，令艺术家俯向自身，保持一个劳作者和创造者的姿态。

克拉丽丝·李斯佩克朵和《星辰时刻》

在克拉丽丝·李斯佩克朵的《星辰时刻》里，写作本身成为她小说的最后主题。这与所谓后设小说的技巧无关，很大程度上，克拉丽丝是罗兰·巴特深情言及的现代小说家群体中的一员，"在小说的最后时刻，活跃着那些小说家自己的命运"。

和很多好的小说家一样，克拉丽丝并不屑于虚构或创作，她只在乎如何言说和相信真实，生命深处的真实，她如何一点点地接近它，碰触它，再轻盈小心地逃脱，而这一切并不仰仗任何书本的博学，只依附于一个写作者的近乎于暴烈的诚实。"我只在该撒谎的时候撒谎，而我写作时从不撒谎。"叙事者罗德里格说。在《星辰时刻》中，叙事者被赋予了双重的责任，他要诚实地揭示女主人公玛卡贝娅的生活，那种不可被附加任何象征或救赎意义的、事实的卑微；也要诚实地揭示自己身为一个写作者的生活，那种服从于自己生命感受的，词语的演奏。"当我书写时——还是把真实的名字赋予事物吧。每一个事物，是一个词语，如果它尚且没有对应的词语，就给它编一个。你们的神命令我们杜撰。"而这样的写作，这样将事物的真实与词语的真实相互赋予反复印证的写作，注定是艰难的，"就像用钢斧劈开山岩，有火花与细屑飞舞"。

我在阅读《星辰时刻》的时候，会很奇怪地、不断地想到《大师与玛格丽特》。布尔加科夫和克拉丽丝，或许陀思妥耶夫斯基会是他们之间微弱而隐秘的联系。在《大师与玛格丽特》里，最卑微者被突如其来的文字幻景所击中，唤醒，并在哭泣中深感幸福，但最终，最卑微者并不仅仅只是拜倒在写作者面前的蒙恩的人,她倒转过来,成为那个操持文字的人最后的也是最强有力的拯救者,他大师的冠冕是由她所赐予。在《星辰时刻》里,同样也有类似的关系。表面上,似乎一直是罗德里格在努力通过文字赋予玛卡贝娅浑然无知的卑微一生以意义,但通过这样的写作行动,他令自己成为另外一个更加有意义的存在。与布尔加科夫不同,克拉丽丝没有安排这两个人相遇,这或许是更残酷的洞见,那些有能力相互照亮的人,并没有机会彼此遇见。

卡明斯和《我:六次非演讲》

"卡明斯应当出现在伍迪·艾伦的《午夜巴黎》里面。"赵毅衡在为《我:六次非演讲》中译本撰写的前言里如此遥想道。而事实上,卡明斯真的曾出现在伍迪·艾伦的电影里,但不是二〇一一年的《午夜巴黎》,是一九八六年的《汉娜姐妹》;不是他本人,是他的诗集,还有一首写给爱人的诗。在陌生小书店密密匝匝的书架边,努力制造出一场邂逅的中年男人埃利奥特抽出卡明斯的诗集送给莉,他说读到其中一首诗就想到她,"没有人,即便是雨也不能,有这样小小的手。"(nobody, not even the rain, has such small hands)

某种程度上,卡明斯属于那种能够被普通人暗自热爱却不免被文学史长久挑剔的诗人。我前几年第一次听说卡明斯这个名字的时候,碰巧遇见一位来华旅游的七十多岁美国老妇人,无意中和她聊到卡明斯,她立刻问我要来纸笔,默写出卡明斯的一首十四行诗,令我颇为震动。而在据称是至今为止撰述最为全面的八卷本《剑桥美国文学史》中,分享二十世纪上半叶美国诗歌版图的,是我们熟知的格特鲁德·斯泰因、威廉·卡洛斯·威廉姆斯、玛丽安娜·穆尔、哈特·克莱因、兰斯顿·休斯,是罗伯特·弗罗斯特、华莱士·史蒂文斯、埃兹拉·庞德和T. S. 艾略特,而E. E. 卡明斯,只在概述部分占了几百个字的位置。文学史家们虽然公认卡明斯是二十世纪美国在诗歌技巧上最富创新的诗人,但对他的乐观天真和浪漫抒情总是心怀不满,觉得与所谓"现代"的深刻特质相去甚远。

论在诗歌语言技艺上对传统的娴熟和对创新的渴求,论在优裕生活中培育出的对自由、至善以及个人主义的不可救药的顽固热爱，倘若要在中国现代诗人中为卡明斯找一个精神同类，我总是会有点不搭调地想到新月派。诗人马雁写过一篇文章，称赞林徽因《莲灯》一诗在语言技艺上的优美，"没有深厚的近体诗功底以及十四行诗技术，大概是很难写出前四行的。'浮沉它依附着人海的浪涛／明暗自成它内心的秘奥。'两行对汉语的句式转换显得非常灵活"。一些老旧的主题以某种惊人的方式被转译成别样的词，看似的庸常随即蜕变成持久的新鲜，这是莱昂内尔·特里林对卡明斯诗歌在语言运用上的称赞，其实同样可以适用于新月派里最好的那些诗。无论卡明斯还是新月派，他们在各自国度的现代诗歌发展史上，似乎都是早早被掀过的一页，但至少还有很多普通的诗歌读者依旧记得他们。

卡明斯一九五二年入驻哈佛诺顿讲座的时候，已经五十八岁，几乎已达致在世荣誉的顶峰，但他一如赤子，并不想为人师表，他把这六场演讲称作"非演讲"，以此表示他无意在这里传道授业，谈诗论艺，他要做的是谈论自己，进而去面对那个古老的问题："我是谁？"或者进一步而言，作为写作者存在的那个被称作卡明斯的"我"，究竟是谁？因此，卡明斯的诺顿演讲和我们之前所看到的诸如卡尔维诺、博尔赫斯、埃科、帕慕克等作家的诺顿演讲截然不同，或许会令很多热衷诗学的读者失望。在第一次演讲中，他援引里尔克的话为自己的我行我素辩护，"艺术作品都是源自无尽的孤寂，没有什么比批评更难望其边际。唯有爱能够理解它、把握它、并不带偏见地认识它"。

他相信爱既是诸种神秘中最神秘的，也是打开所有奥秘的钥匙，但他并不要写爱的论文，他只想尽可能诚实地回顾和原封不动地呈现爱所给予他的，以及他所深爱的，人和诗。从他的父母亲人到良师益友，从自己的诗到他人的诗，从华兹华斯、莎士比亚、但丁、中世纪民谣，直至他心目中的两个伟人，济慈和雪莱。

他的讲述其实并没有涉及全部生活，只是从童年开始，至青春期结束，或者可以说，那个作为写作者存在的被称作卡明斯的"我"，在其青春期结束时已经确立，定型，无论他日后的生命多么漫长，他已然恍若置身于萨福诗中那个"不死的阿弗洛狄忒"身边，成就一个"明了爱之神圣与幻想之真"的永恒少年。

在这系列演讲的末尾，他说："我是这样一个人，他骄傲又谦卑地坚称爱是众秘之秘，他不仅在时刻吸收生长，同时也在不断奉献和给予，一个不朽的复杂生命——他既非没有心肝和灵魂、禽兽不如的极端掠食者，也非那种没有悟性、只懂得认知、信仰和思考的机器人，而是一个自然地、奇迹般完整的人——一个无边无际的个体；他唯一的幸福是超越自我，他每一丝的创痛只为了生长。"

这样的一种人生，这样的一条诗歌之路，乃至我们面对的这样一次阅读，看起来都更像是一场冒险，然而正如他自己所说的，"我们当中很多人是具有些微英雄感的，几乎没人会拒绝一场冒险"。

真正的爱和真正的生活

1

文珍的小说和文字,如果用她喜欢的植物学来形容,则有初夏时节的丰盛热烈,但偶尔一场大雨之下,却也有几份荒冷恣肆。

然而这都是生命力的诚恳体现。生命在某些时刻就是泥沙俱下,不管不顾;写作是一种修剪和清理,是消化吞吐重建。而在这样的生命与写作的争夺中,我有时犹疑究竟应立于何处。我见过一些写作与生命的相互损毁,甚于见它们彼此的成全。

在第二部小说集《我们夜里在美术馆谈恋爱》的后记

中，文珍已表达出写作之于其生命的益处，"所有那些过分敏感的偏执，古怪病态的深情，我终于给自己找到了一个秘密世界好好存放起来……在现实中无法说出口的话语扑簌簌落于纸面，我因而得以在真实世界中成为一个自觉正常而安全的人"，我会联想起切斯特顿的话，"将自身中的艺术因素表达出来从而摆脱它，有益于每一个心智健全之人的健康"。

写作不再是假艺术之名对生命的消耗、攫取和损毁，而成其为一种对于生命的安慰和疗救，这无疑是文珍深具感染力的一面，而反过来，生命之于写作，在文珍那里意欲何为？《气味之城》，是她第一部小说集《十一味爱》的开篇，"他"出差多日后回到家里，看到被"她"弃置的阳台植物，"阳台上的花居然大多还活着，只除了一盆鸟巢蕨奄奄一息，薄荷彻底死了两盆，薰衣草半枯半荣，其他比如吊竹梅看上去仍一派欣欣向荣。迷迭香绿得发灰发蓝，紫罗兰长势汹汹。瑞典常春藤在充足良好的日晒下每一片叶子都大得不可收拾，且边缘呈现一种发亮的金绿色，看上去营养充沛、光可鉴人。春羽略有一点垂头耷脑，桂花土壤呈初步龟裂状态。但是他用手使劲一摸，发觉底下仍有一点湿意"。

生命的热烈和荒凉，丰盛与芜杂，都在这个被弃置的阳台上了。写作开始于某种自我弃置之后的孤绝中，始于泥土深处残存的一点湿意。那位大喊着闷死了离家出走的妻子，她想要的是，"真正的爱和真正的生活"。

2

然而何谓"真正"？文论写作者时常被告诫在行文中慎用"真正"一词，因为这个词预设了一种强硬又模糊的价值认定，遂用修辞取代了论证。但在生活中，在每个普通人的信念里，这种对于"真正"的欲求，就是强硬而模糊的，他说不清那是什么，但他清楚地知道此刻正身处"不是"当中。精神分析式的抚慰毫无用处，生活更在意的不是论证和说服的有效，而是感受和行动。

或许正是此种欲求，感受，以及由此而生的种种必要的或偶然的行动，推搡着文珍小说中的一些人物奋力向前，也因此感染了她的读者。而在这样的为小说人物和小说读者共有的行动中，真正的生活，常常被置换为真正的爱。

文珍笔下活跃着的众多卑微者，与其说他们是挣扎在大城市物质生活的压力之下，象征或揭示着某种时代表面的群体遭际，不如说，他们是挣扎在爱的匮乏之中。这种爱的匮乏可能比时代单薄，却比时代更永久。他们看起来虽也是在爱着和被爱着，但他们对爱偏偏有更单纯热烈的要求，这单纯和热烈，不能从外部世界得到满足。

因此，她时常只是和自己对话。她的小说中时常有一个树洞般的存在，容纳主人公的倾诉，并给予回声。比如《第八日》中被顾采采一再呼唤的少时密友辛辛，"辛辛，你要明白，如果所有的爱都是幻觉，我宁愿自己是做梦而不是被梦见的；如果爱如捕风，我又宁愿是那个伸手捕捉的"；比如《色拉酱》中与"我"意气相投却身处异国的昔日女伴，"我其实只是要你知道，我只是要你知道"；又比如《衣柜里来的人》中始终萦绕在苏小枚耳畔的另一个自我，洞彻一切地告诫她"不要孟浪、不要发傻"；更有甚者，是《录音笔记》中，那个有着好听声音却无人可亲的曾小月，渐渐习惯于对着录音笔说话、读诗和唱歌，并且播放给自己听。

种种这些，构成文珍小说中独特的复调。爱倘若注定只是一个人的事情,却依旧还是一场冲突,一个人和自己的冲突。正如伯纳德·威廉姆斯所看到的,道德冲突往往不是存在于不同人的观念之间,不是存在于个人与时代与社会之间,而是表现为一个人所面对的"悲剧性两难"。这也正是现代小说致力处理的主题。

3

文珍的笔力是强健宽阔的。她遂将所意识到的、"一个人和自己的冲突",放到一个某种公约数般的外部世界里去,转化成各种叙事和语言的试验。

《我们夜里在美术馆谈恋爱》,通篇有汉赋的气势,其材料和情感均为公众性的,却胜在剪裁和铺陈,一击三叹,跌宕反复,刚毅果决而有余音。《普通青年宋笑在大雨天决定去死》则有话本的平易,叙事细密周详,语言紧紧追摹市井气息。《到Y星去》全然为对话体的现代生活小品,机锋往来,谑而不虐。《关于日记的简短故事》,写一个沉默寡言爱写日记的男孩,颇具几分早期契诃夫幽默速写的味道。似乎是受了张爱玲的鼓励,在很多时候文珍也不避通俗。《觑红尘》发心要写一下《十八春》的现代版,但并不在结局的新奇出挑上下功夫,几乎是将一个因伤害、误会和骄傲而分手的老套恋爱故事重新再讲一次,把"世钧,我们再也回不去了"的隔世重逢再演一次。但意外的,这种近乎俗套的重复,竟依旧动人。我还是会记得那卢沟桥上始终没有机会数清数目的石狮子,就像记住世钧送给曼桢的手套。或许,恋爱小说本就不该以情节的新奇见长,它要诉诸的只是人类共有的一些古老情感。好的恋爱小说,就像演了千百次的旧戏码,只是一次次带我们回到人类的过去。

正如她有一篇小说径直命名为《场景练习》,文珍并不忌讳告诉我们她风格的不稳定,一方面是她喜欢变化,另一方面,如她所言,"想贪心经过所有起承转合的沿途风光",并如河水般抵达海洋。

这种变化和贪心,本不是问题,但通往海洋的"沿途风光"未必只是起承转合,还有各种大大小小的不可估量的断裂、跌落与上升,这可能是文珍需要注意的。她的小说,在情节发展和人物情感变化上往往过于强调起承转合,但短篇小说似乎更渴望一些空白,它需要邀请读者一起走进来，走进类似离心力一般在旋转的眩晕中被抛掷出去的瞬间。

4

时常，文珍亦有些肆意之作。比如《地下》，历经情劫就要结婚的女子，接到十年前的初恋男友电话，相约小叙，随后被他囚禁于地下室内。在这样一个脱离现实的密室中，每一天的情绪都在发生变化与反转。又比如《乌鸦》，一只饶舌又多情的乌鸦爱上一个大学女孩，它看着她们恋爱，看着她从大学毕业走向社会，费力地生存，在城中村租房，被男友抛弃，它邀她一起去树上生活，却最终激怒了女孩，女孩用石块砸毁了它的树屋，而她自己租住的阁楼也正在被推土机摧毁。

在这些几万字的结合了现实与幻想的中篇里面，都有一些异常珍贵的瞬间。那只乌鸦，起初窥视着那些大学里恋爱的女孩子，它"知道爱本身就是一种烦恼，这两者之间可以画等号。然而仍然为她们在黑暗里清晰可见的悲伤动心不已：她们是在爱着，并且因为爱而绝望着。这绝望的姿态是多么美啊，超过了所有鸟类可以到达的美的极限"，再后来，目睹女孩毕业后凄惶生活的它，费劲地叼来一大块石棉瓦盖在死去流浪猫的身体上，"很快就有很多人踏着石棉瓦走过去了。他们不知道那瓦下面有一只正在慢慢腐烂的小猫，蓝眼睛的"。但作为一只乌鸦，它应当保持这样动人的冷峻，而不是为了照应现实，转身沦为一个唱网络歌曲的滑稽角色。

而在《地下》里最令人动容的，是种种显而易见的虚构设计却最终一点点逼迫出感情的强烈真实。关于初恋的保守与纯真，关于那些年轻的伤害和被伤害，关于只有恋人才能肃然相待的絮语和无尽细节，它们被当事人遗忘或珍藏，然后在这个现实时间之外的场所里被轰然释放。所有的痛悔，所有因爱而生的卑微与骄傲，在时间中拒绝被消化，如肉中刺。然而，这一对被爱相互囚禁的男女，我更期冀他们最终服从那自他们心底升起的崭新的激情，服从于激情成就的未知，而不是屈从作者事先设想好的犯罪新闻的结局。

如此，小说才可能成其为一种飞翔，带领小说书写者和他们的读者，从那个被最大公约数死死捆住的狭窄世界中逃脱出来。

论及小说式的飞翔,伊卡洛斯的教训仍不无裨益。被国王弥洛斯困在孤岛的艺术家代达罗斯,用羽毛和蜡制作出翅膀,带领儿子伊卡洛斯一起逃离。他告诫伊卡洛斯必须在半空飞行,太低沾到海水会让翅膀沉重,太高距太阳过近则会让蜡融化,但伊卡洛斯飞得起劲,忘乎所以,越飞越高,羽翅上的蜡开始融化,他坠入大海。

比如一个男子将自己深爱者囚禁于地下,比如一只乌鸦爱上一个平凡女孩,小说读者可以迅速接受这样的幻景前提,这本身毫无问题,但接下来的小说逻辑,就应当服从蜡质羽翅的逻辑,也就是说,服从想象力的逻辑。艺术家需要维持与现实的距离,在半空飞行,保持一定程度的冰冷和干燥,如此才可以抵达受暴君统治的孤岛之外的广阔生活世界,返回家园。

5

文珍也的确迷恋一种冷意。她所喜欢的,无论《桃花扇》的唱词,"暗红尘霎时雪亮,热春光一阵冰凉";还是纳兰词里的"起来呵手封题处,偏到鸳鸯两字冰",那种明亮多情最后定要落在冷处仿佛才心安。我还记得《气味之城》里写到的冰箱,"大小房间渐渐变成一个看不见的冰箱,通电后持续运作。他和她渐渐被冻僵在里面,然而彼此身体内部仍在缓慢运转,只互不干涉";以及《银河》和《夜车》中,那些逃向边地的孤男寡女,如何在彻骨的荒冷中将身躯投向彼此。

可她的性情其实又是热烈的。对于生活里的一切琐碎欢乐,色声香味,对于弱小生命乃至山川万物,对于爱,对于写作,她都有全身以赴的冲动。这种热烈冲动有可能灼伤自己,她仿佛是意识到这一点,才不断地向更冷处寻求镇定与安宁。

她就在这样的热与冷的交错中,时而矛盾,时而平衡。她说,"要把自己隐藏得深一点,才不至于自恋"。

6

她有两篇小说专写感觉,关于嗅觉的《气味之城》与关于听觉的《录音笔记》。她的才能似乎在此得到最大程度的集中，被源自生命内部的悲凉和热爱裹挟，并转化成写作时的狂喜。在这两篇小说中，个人感觉经验的丰盛，与其语言的丰盛和叙事技艺的丰盛相结合，在向外部世界伸展的刹那又一层层向内翻卷，结成硕大而美丽的花朵。她带领我们一起目睹它的盛开，还有凋落委地时清脆的声响。

纯属巧合，卡尔维诺逝世前致力书写的，也是一组关于五种感觉的短篇。作为一个自认"嗅觉不灵敏，听觉不够集中，味觉不是很好，触觉只是凑凑合合，而且还是个近视"的小说家，他说，"和之前的几次一样，我的目的不只是写成一本书，而是要改变我自己。我认为这也应该是人类所做的每件事的目的……那些伟大的作家，他们的秘密是知道如何保存愿望的力量，使之不被破坏。从某种意义上讲，我认为我们总是在书写某些未知的东西，也就是说，写作的目的是为了使尚未书写的世界能够通过我们来表达自己"。

和文珍带给我们的内视感不同，在卡尔维诺那里，那种感觉体验似乎就是要向外探究的，它更像朝往未知世界不断攀援的藤蔓，在我们以为要曲终奏雅的地方，依旧不可遏止地伸展着。

从堂吉诃德开始，现代小说就一直企图僭越生活与艺术的界限，它造成了无数的疯狂与破坏，但在其最好的意义上，它也促成了一些进化。它强调书写和阅读小说可以成为一种积极有效的对于人类未知世界的探索行为和创造，是对我们所感知到的现实的超越而非依附。它使得，我们的生命和我们周围的现实，有可能在写完一部小说或读完一部小说之后，都得到不可逆的改变和拓展，而不单单是短暂和解。

意识到这一点，所谓"真正的爱和真正的生活"才不致一次次沦为幻梦中的错过，而是要文学书写者与读者一同竭力抵达的尽头所在。因为，当一个人说到"真正"，其实他是在说，"未知"，他也是在尝试说，"创造"。

伤心与开心

1

我读颜歌有关平乐镇的小说和散文，时常会想到张怡微写日本女演员树木希林的一段文字，"树木希林不希望大家为她难过，因为让人难过实在太容易了。她选择让大家又大笑又难过，以至于发现自己有更好的能力去发现生活中类似的瞬间"。

比如说生老病死，被侮辱与被损害，以及一切的受苦和离别，这些都是太容易让人难过的事，却也是太容易在生活中遭遇的事，以至于，要了解它们，要感受到它们带来的冲击，人们其实是不太需要文学的介入。如果说，某个人对父母冷淡，对地铁里伸向他面前的乞丐之手置若罔闻，毫不皱眉地吃着新宰的羊羔，却被阿列克谢耶维奇的作品搞得涕泗横流，我倾向于认为，这不是什么文学或故事的力量，而只是人性的可哀。如果一个写作者，只知道搜集生活中的苦难与伤痛（自己的或他人的），把它们用文字粘合成炸药，释放到人间，爆炸成各色的烟花，我倾向于认为他是一个表演艺术家（自毁型或冷静型），而不是一个尊重文字的作家。

因为我相信托马斯·曼所说的，"作家就是写作困难的人"，而在写作中，困难的永远不是拍摄苦难和记录伤痛，困难的永远是创造，是在理解了一切人世悲苦之后，依然能有新的创造。至于文字所能做出的创造究竟为何，老年萧伯纳曾在自己和爱兰·黛丽的情书集序言里感慨道："有人也许埋怨说这一切都是纸上的；让他们记住：人类只有在纸上才会创造光荣、美丽、真理、知识、美德和永恒的爱。"我觉得他想表达的意思是，人类值得尊敬的地方，是他们在数万年没有改变过的生死泥泞中始终持有的，一些奋力向上的瞬间。

我觉得这样的瞬间，还应该包括笑声。

2

颜歌写过一篇《救命的鸡蛋》，写她姥姥。短短两千字不到的文章里，先后三次触及死，先是姥姥早夭的三个孩子，"听我妈妈说，也就是那几年，他们连着死了三个娃娃，眼泪花流了又流，心都磨玉了"；随后是姥爷，"那几年，姥爷早就不在了，剩下姥姥一个人跟我们住在一起"；最后是姥姥，"姥姥喝了蛋花汤，就悠悠地上路了。鸡蛋说我救了你第一回啊王蕙兰，这回子我真的是管不到了"。但正如这些文字所呈现的，死神的威严在这里遭遇很大程度的打压，它只退化成生活的一部分，如同衣食住行，是被顺口提及的实体，而非引发精神躁动的喻体。或者反过来说，死亡的能量在这里得到某种保存，它和生命之间的关系不是彼此汲取和损耗，而是被笑声隔开，各自熠熠生辉。

"悲剧和喜剧，面具有两种，但《伊利亚特》和《奥德赛》结伴而行，这不仅因为它们都朗朗上口，而且因为它们相互需要。阅读荷马史诗，假如我们只是停留在为赫克托而悲哀掩卷，那无论如何是不全面的。当我们真正进入《伊利亚特》的世界，得知阿喀琉斯将战死疆场，特洛亚城将毁于一旦时,我们必然意识到还有另一故事要叙述,即叙述俄底修斯在战场上九死一生,历经了漫长的旅途最后重返家园的故事。悲剧和喜剧,这两个词是一对产物,然而它们的先后次序却不可颠倒。我们决不会说喜剧和悲剧,也不会说《奥德赛》和《伊利亚特》。"(C. C. 帕克《并非喜剧的时代》)

在即将三十岁的颜歌透过文字发出的阵阵笑声中,藏有二十岁的颜歌所经历的死亡与伤痛;在《我们家》荤素不忌的轻快泼辣背后,需要《良辰》和《五月女王》绵长纯粹的忧伤抒情作为底子。这是不可颠倒的次序。颜歌又说,《我们家》教了她两件东西,一是粗鲁,她通过写这个粗鲁的小说变得更强壮,更健康;第二是好笑,她说她一直不是个好笑的人,"写东西一直都苦大仇深,幽怨,这小说把我救了。很特别的经验"。

写作,于是首先成为一次次指向自我的行动,和一切有价值的技艺一样,它首先是针对自我的改变和疗救,或者用德勒兹的话来讲,是一种"生成","这样的作家并不是病人,更确切地说,他是医生,他自己的医生,世界的医生"。

3

我们的当代文学，却时常是生病者的文学，时常在禁欲和纵欲这两个肿胀的极端摇摆，被自我陶醉的腹痛所折磨，以至于情欲常被视作一种武器，旗帜一般的存在，用以反对、张扬、破坏、重建……这种过于沉重的意义负担，使得文学作品中的情欲犹如珀涅罗珀永远无法完成的织物，既吸引着求婚者（阅读者）的视线，又阻挡他们更多的诉求。

颜歌在《我们家》中所做的工作，似乎首先就是去除情欲的种种附加功能，让它变成一件在成年人那里心照不宣的小事，整个叙事的轻快基调都得益于这种去除，像肿块消除后重返健康的灵活肆意的肢体。小说家不再是怀揣情欲的病人，而是见惯不惊的医生。她目睹每个人都带着自己的情欲和秘密，胆战心惊，却依旧还是无比正常地捆绑在一起过一天天的日子；她认为，这大概会是家庭生活最为神秘的地方。

这种不可理解的神秘，被一点点剖开，转化为黑暗中不可遏止的笑声。但这笑声不是嘲弄或讽刺式的，相反，它更接近传奇式的喜剧，要求某种和解。

但在这样成功的喜剧尝试之后，颜歌依旧把最近几年陆续写完的五个短篇故事，取名为《平乐镇伤心故事集》，她说，"我时常觉得这些故事里都有一句没有写，这一句是'她就走回家里，伤伤心心地哭了一场'。所有的这些人，她们都在家里伤伤心心地哭了，但是不写出来，不说出来，就没有人知道，她们走出门，又是一个好人"。

从《五月女王》到《我们家》再到《平乐镇伤心故事集》，是一个从悲剧到喜剧再到悲喜剧的不可逆过程，又是一个故事越写越短越写越小的过程，在这看似完整的进化抑或蜕变之后，颜歌刚满了三十岁，"终于来到了一个作家的幼年时期，又是兴奋又是不安"。

4

颜歌谙熟现代和后现代文论，曾有言，她自己是颜歌最好的评论者。我读了她一些访谈，深以为然。比如她讲到自己对于故事和情节的不重视，以及对于细节、对话、动作和氛围的锱铢必较；又比如她说自己每一部小说都致力解决一个写作上的课题，这课题是和自己生命局限有关的，是对自我的一次次突破而非对当下潮流的趋附；她还谈到要把自己视作承受众生交流的容器，而非与众生相对的另一方。这些都深具现代小说乃至现代写作的要义。她曾和我讲她理想中小说家的样子，是专注在小说中出现的某个杯子底部刻满精美花纹并随手将它搁置在小说中的一个桌子上，无人知晓。后来，我在《声音乐团》的后记里发现了这个动人隐喻的出处，这是一个美妙的关于现代小说家的寓言，值得相对完整地抄录在这里：

> 昨天晚上，在海豚酒吧，我对小提琴手讲到作为一个小说家的伟大。因为她和世界上大多数从事其他职业的人一样，对小说家毫不了解，坦率说，也不感兴趣。
>
> 借着酒劲，我告诉她，小说家之于伟大，不在于他可以创造一个世界，呈现命运，绘制图景，摆放人物。
>
> 小说家的伟大在于他会用长久的时间来雕琢这个世界中一切无关紧要的事物，可能是一张沙发的色

彩，光线进入房间的浓淡，甚至就是放在茶几上的那个咖啡杯。

就在刘蓉蓉的公寓里，有一个浅蓝色的马克杯，它被放在那，从故事到结束维持着同一个姿态。

永远不会有人发现，小说家曾经是怎样用对磨难的忍耐和对真实的渴求来在手中反复地，贪婪地摩挲这个咖啡杯：它的把手，杯口，甚至是底部——他花费了一个小时，两个小时，甚至三天，五天来制作这个杯子，在杯底画上一个完美的图案，他写了十五万字，然后删除，重新开始写，周而复始，终于，他对杯子感到满意了，对杯子底部的花纹也满意了，他就把它轻轻地，放在刘蓉蓉的桌子上。它将在那一直放到故事结束，而直到故事结束的时候，也不会有人注意到它。

没有人知道小说家的伟大就在杯子里，就在杯子永远地遮挡住的底部。

只有这样的微小，琐碎和无关紧要，才可以给小说家带来救赎。

5

这样的认知，可以戳破很多有关小说意义的迷梦。也因为这样的认知，使得颜歌几乎每篇小说的开头都相当放松。她的姿态是不慌不忙的优雅，电影胶片一帧一帧均匀前进的从容不迫，很容易将人带入她营造的情境与氛围，在每个细部流连。

但她的问题在于结尾，虽然正如乔治·艾略特所言，"结尾是大部分作家的薄弱环节"。

《五月女王》有精巧的结构，十九篇小镇人物速写如同合欢树的羽状复叶，簇拥在袁青山从出生到死亡的主干故事两旁，他们以各自殊异的生和死，均朝着主人公袁青山那年轻的死而闭合，构成了极大的悬念和感染力。但小说越往后，随着袁青山袁清江姐妹的长大，随着童年孤独抒情的结束，主干故事显出的薄弱（袁青山被阻断的兄妹不伦恋爱和巨人症，袁清江的婆媳关系和偷情故事），越来越无力承受来自羽状复叶的压力，以至于最后被揭示的袁青山的死——为堵清溪河决口的河堤而死，有点像是枝叶最终被迫折断的仓皇，而我们一直被预设的某种庄严，忽然就全部落空了。

《我们家》写一个男人在妻子、情人和老母亲之间周旋，豕突狼奔，火烧火燎之际，却发现情人怀上的孩子原来是自己司机的孩子，于是顺手斩断关系，荡子回巢，天下太平。作者依赖这个俗套情节救了场，而我作为读者看到此处，却仿佛兜头被浇了一盆凉水。

中篇《江西巷里的唐宝珍》，是《平乐镇伤心故事集》里最长的一篇，讲开服装店的唐宝珍在把出轨的丈夫赶走后的相亲故事。唐宝珍看不上蒋幺姑大包大揽送上门的博士、老板和官员，却看上了梁大娘无心插柳介绍来的丧偶老师宋雪松，而两位媒人之间的明争暗斗也着实精彩。最后阴差阳错，唐宝珍和宋雪松被两位媒人联手拆散，打算嫁的拆迁办洪主任也因贪污被抓，这也就罢了，但作者末了非要让那位在唐宝珍楼下卖香烟杂货的小老板咸鱼翻身，默默抱得美人归，就有些让人瞠目。倘若诚如作者所言，这篇小说是要设计成一场剪影戏，人物刻画的扁平不足为怪，那么最后的这个收尾，就不免有为了舞台效果刻意戏谑的嫌疑。

6

《三一茶会》是颜歌自己很喜欢的一篇,她说,"我想要探索语言的不可译性,以及在什么样的程度和怎样的强度上,一篇小说作为某种特定语言的文学性会得以发光发亮"。这种对不可译性的追求,与《繁花》的作者不谋而合。金宇澄一直耿耿于某些西方译者所谓"译中国当代文学不需要查字典"的说法,写了《繁花》之后以后再接待西方译者,他们都认为译他的书很难,他对此颇为快意,"我知道谁来译这本小说,都会翻烂几本字典"。

《三一茶会》中的语言,则是一种典型的"重影般的语言",是日常口语、传统书面语和现代叙事语言的三重叠加。

> 正对着她的那扇窗子外面,隔壁楼三楼上的媳妇穿着一条粉红色的棉睡裙站在阳台,支着晾衣竿取腊肉。余清慧眼睛里装着这俏媳妇,心里却想着茶会的师友们,有道是:东君才送暖风来,枝上眉心一点开。

"不怕你们生气，"肖传书说，"张老师和陈老师，你们的文章那都是很多章法，很多积淀的，至于我嘛，我是乱来，不值得一说。但我真觉得我们这里面啊，就余老师的文章最值得读。天然去雕饰啊，青鸟明丹心！"

陈艾也点着头："肖老弟你说得太对了，我哪会生气，余老师的现代诗的确是一绝啊！"

从这样的文字中，单看到一个娴熟于古典诗词和现代写作的叙事者对旧诗文的化用和对水平有限的老年文友口吻的戏仿，还不够，还要看到在这样的戏仿和轻嘲中，自然流露出的对于长辈老人的温情理解。在戏仿轻嘲和温情理解之间，颜歌小心翼翼地维持住了微妙的平衡，像是走了一次语言的钢丝。我们可以想象一下在翻译中无数容易失足滑落之处。

7

在颜歌和金宇澄之间可能达成的共识在于，一个作家首先是母语的仆人,他从具有丰厚传统的母语中获取营养,并回馈这门语言以新的质素。同时,他们都认为故事和情节是第二位的,文学首先是在语言层面的勘探、打磨与创造。那些被小说家刻在杯底的花纹,犹如印章,会轻轻地在下一位对语言敏感并将虚构之杯举起又放下的读者那里留下印记。

他们的小说世界,都像是可以无限延展下去的世界,犹如我们每个人置身其中的、不可能看到结尾的世界。而小说家的责任抑或悖论,是在开启一个世界之后还要结束一个世界,如弗兰克·克默德所言,就是要一次次想象、眺望和在虚构中抵达一个堪作结尾的远景。而小说的意义,倘若它是有意义的,那么很大程度上也就在于结尾的意义。读者不会计较小说的开头,但他们会计较结尾,会拿每一个小说的结尾和自己正在途中的生活相比较,和自己认为看清的另一些人生的结尾相比较,并期待某个类似于末日启示般的真理站立在小说结尾处,面对他们,金宇澄所处的生命位置显然就要比颜歌略微有利一点。

在朝着结尾展开的故事层面,颜歌迄今为止还是在依赖"秘密"这个基本推动力,按照《白马》里的说法,"世界上到处都是有秘密的",而解密之际常常就是小说结束之时。但问题在于,在颜歌小说世界里的秘密其实多少都是相似的,我们会不停地在其小说后半段遭遇有关血缘和情爱交织的秘密,这些秘密可以用来结束一部小说,但却未必能给予读小说的人以新的启示。我于是期待已然迈入"作家幼年时期"的颜歌,在新的兴奋和不安中可以写出那些能继续引起我们兴趣的书,它们——再次引用弗兰克·克默德的话,"将会穿过时间,走向一个结尾,一个我们即使不能理解它也必须进行感知的结尾;它们在变化中生存,直到出现永远也不可能出现的想象与现实的统一"。

爱与怜悯的小说学

在三卷本《无愁河的浪荡汉子·朱雀城》（以下简称《无愁河》）的卷首，有黄永玉手书的一行字：爱，怜悯，感恩。这是他的表叔沈从文对他说过的五个字，他念念不忘，预备作为自己以后的墓志铭。只是如今他先将这五个字刻在了小说《无愁河》的前面，一种伦理的自律随即悄然践行为一种审美的要求，并照亮了这位老者在人生暮年掀起的长河般的写作抱负。

"我认为的好书，"在一封写给密友露易丝·高莱的有关《情感教育》的信里，福楼拜说："我愿意写的，是一本不针对什么的书，不受外在牵连，全仗文笔内在的力量，就像地球全无支撑，却在空中运行，书中几乎没什么主题，至少是没有明显的主题，如果可能的话……形式技巧越圆熟，同时也愈在消弭自己。形式离弃了一切仪规、定则、分寸，不取史诗而取小说，不取韵文而取散文，不承认正统，像自由意志那样自在写作。"这段话可以直接移作《无愁河》的注脚，在多重意义上，《无愁河》都更为接近于《情感教育》，而不是乍一看很容易联想到的《追忆似水年华》，在《无愁河》中，作者首先是处于一种福楼拜式的尽力"消弭自己"的非个性化状态，从而让万物先尽可能地自由呈现，而不是如普鲁斯特般、以充满强烈个性的对于隐约不明意念的执拗捕捉来探究属人的内在真实。

也许这样的将《无愁河》作者归属于福楼拜阵营的判断，会立刻引发质疑：在《无愁河》中，那个老年黄永玉难道不是时时刻刻都忍不住要现身吗？他难道不正是常如福楼拜所反对的那样，在叙述中忽然就直接表达自己的意见吗？比如，在写尽序子的表兄弟们熬夜做"鬼脑壳粑粑"的开心喜乐之后，作者笔头一转，说：

> 这里我要提前说一说他们的"未来"。我忍不住，不说睡不着，继续不了底下的文章。他们没有一个人

活过八年抗战，没有端端正正地浅尝哪怕是一点点的、希望的青年时代。……这一群艺术家此刻好梦正酣，离他们未来的不幸还远得很。明朝醒来，还有好多兴奋的事情等着他们。

他写序子向侯哑子学画，末了意犹未尽，一定用括号补充几句属于写作者此刻的感怀：

（近百年的战乱，家乡子弟的凋亡，贫困、漫长残忍的文化绝灭过程中，侯哑子的风筝画作怎么还能苟存人间？……和哑子交谈，不靠心灵靠什么？在高山之巅俯览脚下幽谷，大海岩上远望迷惘的地平线，请问你所为何事？哪里有什么实体？我一辈子从不投靠幻想，却得益于三位既聋且哑的画家的教诲。）

或许，必须认识到在"自由意志"和"消弭自己"之间有可能存在的非矛盾关系，甚至某种必然的过渡，才能够理解福楼拜在《包法利夫人》的成功之后一次次向着相反方向的看似徒劳的努力，也才能够理解，老年黄永玉在

《无愁河》中的一次次作者介入，并没有损耗那个逝去的朱雀城世界的自足存在，相反，因为有意识地将自我的声音从叙述中剥离出来，他得以在描写那个过往世界的时候，轻装上阵，呈现出一个听者和观者的纯粹姿态，他倾听和观看朱雀城万物的面影，当然也包括倾听和观看那个幼小的、同样以他者面目出现的自己。陶渊明说："纵浪大化中，不喜亦不惧。"写作《无愁河》的黄永玉，也仿佛一个纵浪者，他下沉至那片生他长他的海洋深处，捕捉一切在时间和遗忘中被静静保存的气息，偶尔，他需要浮出水面，呼吸一下现在的空气，以便更为有力地折返深海。

因为所谓"自由意志"，并不单单是任一己心意而行，正如斯多葛派哲人很早就认识到的那样，能够控制自我的人才有可能是自由的。控制自己，让自己成为一个两岁的赤子，一尾鱼，一片树叶甚至一阵轻风，让自己成为男人和女人，成为万物的一分子，成为另一个人，且随时还能保持清醒的自觉，这是一种古老的生活方式，却也是现代小说书写者必备的教养。在这个意义上，因为《无愁河》在情节上的散漫就轻易指认其隶属于某种中国式的散文书写的小说传统，也只能是一种漫不经心的偷懒，它通过某种急不可耐的二分式判断，放弃了对于新事物的热烈思索。事实上，倘若《无愁河》真的值得我们珍重，绝非因为什么中国式书写或者某种类似非物质文化保护遗产般的橱窗陈列，而恰恰因为它是极具现代性的写作，是一种就在当下生成的面向世界的有力存在，一种在隐秘中绵延传承的、爱和怜悯的小说学。

过去数十年的中国小说考虑最多的，是致力于摆脱某种集体意识的作者自我，是在和诸如家庭、社会乃至历史之类的庞然大物相对抗中渐趋丰盈的个体自我，这种在摆脱、对抗中日益解放的自我，在带给读者一度的明亮快意之后，如今却正在朝着极度的自恋自得迈进。无论是老一辈作家，还是更为年轻的小说书写者，在他们大多数人的小说中，作者一己的意识和观念都弥天弥地，这个意识和观念或许有厚重轻薄睿智愚蠢深刻肤浅之区别，但几乎同样都是单调的，在得到了一个足够骄傲的自我之后，他们失去的是整个世界。

可以在这样的背景下，看待金宇澄的《繁花》在二〇一三年度这个号称中国长篇小说的大年里，奇迹般的近乎于压倒性的成功。相较于那些更负盛名的小说家的作品，人们在《繁花》中惊喜地听见了久违的、本真的、人的声音。在那些市井闲话和饭桌闲谈中，不断有人"不响"，在"不响"中成为安静的倾听者，倾听另一个人开始说话，即便在说完之后，他们依旧懂得沉默，让那些已经说出的人声在空气中再静静停留一会。在《繁花》中，经常出现五六个人以上的饭局对话，写过小说的人都应当知道处理这样多人对话的难度，而这种多人聚会的场景，就是平静生活中的宏大场面，我们可以说，乔伊斯在《死者》中展现的对于一次圣诞聚会场面的控制力和感受力，是可以拿来与《战争与和平》中有关拿破仑战争的大场面相提并论的。在这个意义上，我们也可以称《繁花》作者为处理宏大场面的大师。"我这辈子也没写过这么难写的东西，尤其现在正写着粗俗的对话。"依旧是福楼拜致高莱书信里的话，"旅馆一场，可能得花我三个月的工夫，自己也说不好。有时真想大哭一场，深感自己的无能。我宁可尽瘁于斯，也不愿跳过不写。一场谈话，要写五六个（开口说话的）人，好几个（别人谈到的）其他人，还有地点、景物……造句就很难。让最凡俗的人也说话斯文，说话礼貌，表达上就会失掉很多生动别致。"在有关对话造句的艰难这个问题上,《繁花》作者倒是不止一次地在访谈中讲述过心得,他讲,当他回到上海话的日常思维中,那些对话就自然而然地涌现出来。

无独有偶,在《无愁河》的序言里,黄永玉说,"在文学上我依靠永不枯竭的、古老的故乡思维"。

故乡思维是什么?正如《繁花》中有汹涌而来的上海闲话,《无愁河》中也有着澎湃热烈的湘西土语,但它们都不是类似曹乃谦式的那种凭恃方言以展现某种独特地域风情的所谓方言小说。《繁花》和《无愁河》作者们的志向,并非打造出一个为观光客和怀旧者服务的民族风情园,而是创造出一个有人歌于斯哭于斯的生活世界,一个在他们的爱中得以保存的完整的故乡。刘醒龙曾在文章里引用过一句很漂亮的话,"再伟大的男人,回到故乡都是孙子",《无愁河》就是从一个两岁的小孙子写起,耄耋老者在写作中朝向故乡,那故乡带着无数的声光面影带着全部的存在,在他的生命中缓缓出现,他现有的生命于是暂时中断,一切重新开始,他重新成为赤子。这,是唯有在爱的时刻才得以发生和持续的行为。

性和欲望让我们时刻想到可怜和孤独的自身,即便考虑到对方的欢愉程度那也只是为了证明自己的能力，但爱并非如此。或者说，爱的写作，正是令人暂时割舍一己的孤独存在，消弭作者过于强大的自我意识，让一个人奋力去成为另一个人，从而得以真切地感受世界的差异性和复杂性；爱的写作，就是召唤那些亲爱的人来洞穿自己的生命，而不是企图凭借一孔之见去解释他者的生命。也是在这个意义上，我们有可能更好地理解布勒东的话，"艺术最简洁的表达，就是爱"。

也唯有在爱中，一个写作者才得以穿越时光的洪流返回故乡。

"他两岁多，坐在窗台上。"这是《无愁河》的开篇，或许在很多年后会成为又一种值得流传的小说开篇。他坐在窗台上，太婆在和他说话，外面的香味、雨点和太阳一点点渗进来，更多渗进来的是声音，人的声音，凌乱，嘈杂，东一句西一句，有一句没一句，又急速涌进外头来客的上气不接下气的报信声，那是爷爷要从北京回来，整个家就一下子忙乱和振奋起来。就这样，写到 32 页，"朱雀城"这个词才第一次出现。这种未必刻意的安排，暗示出不同于以往全景小说或长河小说的写作态度，虽然小说第一部名为"朱雀城",但作者没有打算从远至近、从外到内、从环境到人这般的有条不紊按部就班地推进和展现,相反,他在这里像是一个陷入爱中的人,他能听到看到感触到的,是爱人具体而微的面容、身体、动作和声音,而不是爱人的出身、工作乃至经济状况等等外在的属性,他直接进入对方的存在之中,进入那个两岁男孩的身体中。

在很多层面,《无愁河》与《繁花》都有共通的特质。它们均不在当代中国小说现有的诸趣味当中,它们都像是一个意外,一种反戏剧性和反隐喻的、"仅仅是按照事物本来面貌给我们描述事物平静状态"的小说。此外,这两部小说里都有新的、没有被暴力和谎言败坏过的中文,有无数嘈杂且真切的活人的声音,又都有力量连通那个正在消失的老中国。并且,如前所说,《繁花》作者堪称处理宏大场面的大师,而在《无愁河》中,那些连通无数琐碎日常瞬间的,作为平静生活中的值得期待和回味的宏大欢宴,也被处理得同样出色。

但唯独在爱的层面,以及随之呈现出来的精神气质上,这两部作品又或许是不同的。《繁花》有点接近于《围城》,是中年人经历世故之后的冷眼与风趣,当然也有成熟的体谅和宽容，无论怎样，作者与他笔下的大多数人物之间，还是保持着适当的疏离，他愿意观看和倾听他们，但未必会愿意爱他们所有的人，繁花落处，隐隐的是阵阵秋意。相对而言，《无愁河》第一部则更接近于前四十回《红楼梦》尤其是大观园的部分，有少年人对于万物和众生无有拣择的爱惜，处处透着一种不管不顾的明媚春日的气息。是爱让一个老者再度年轻了吗？

他写大雪天，唐马客的家被人恶作剧地堆上一个大雪球堵住门口：

尤其令人振奋感动的是唐马客家堵住大门口的那一坨足足两张方桌那么高的大圆球。纯粹毫无主题，抽象到极，莹澈，光滑，迎着曦光。

"起初，神创造天地。地是空虚混沌，渊面黑暗；神的灵运行在水面上。

"神说：'要有光。'就有了光。神看光是好的，就把光暗分开了。神称光为昼，称暗为夜。有晚上，有早晨，这是头一日。"

这明明白白是对唐马客门口的那坨大雪球说

话的。

上帝都说话了,唐马客却是不高兴。他在屋里喊,他出不来。他不晓得,也拿不定主意应该骂娘还是应该好笑。他也不敢开门。门一打开,那么大一坨雪涌进堂屋怎么办?他"深山不见人,但闻人语响",他干吼也吼不出所以然。门口围了很多人。

幼麟和他喊话:

"老唐,我是幼麟,要我们怎么帮你?"

"帮我查一查,是哪个狗日搞的名堂?"唐马客在屋里叫。

"要查,也是以后的事;眼前想个办法让你一家出来!"

听幼麟这么说,看热闹的人里头也有舍不得的:

"那么好的东西,毁了可惜……"

另一些人讲另一种话:

"人家家门口,也要过日子嘛!这雪迟早要融,留不住的。"

街坊们帮着把雪球铲了,唐马客走出家门,开始抒发,

讲话，猜测是谁干的，一直讲，

> 讲到，讲到，太阳出来了，那么好的太阳，那么蓝的天。

你可以想见一个快九十岁的老人怀着止不住的笑意写这些文字，在他的笔下，那些逝去的人们依旧不停在讲热闹的话，四季跟着流转，又仿佛永恒降临，一切都不曾毁灭，"那么好的太阳，那么蓝的天"。

他写朱雀城几条要紧的街，写街上的店铺，食货铺子"兴盛隆"，卖时鲜水果和烧腊的四代祖传"曹津山"，剃头铺，悦新烟店，广达银匠铺，悦升堂响器铺，布店"孙森万"，"同仁堂"中药铺……他就这么一家店一家店写过来，有些是大写意，有些是工笔细描，有些则是水墨点染，一段轶事掌故，几句买卖闲谈，三两个好玩的人物，他就这么一口气一条街一条街写下去，好放纵，好明亮。他说：

> 请不要嫌我写这些东西啰嗦，不能不写。这不

是账单,是诗;像诗那样读下去好了。有的诗才真像账单。

那些陈芝麻烂谷子因为被春天的光芒照彻,成了诗,也就成了生命树上崭新的创造。

也会记载一些黯淡烦愁的时刻。比如序子的父亲幼麟终于要离开朱雀城的闲散岁月,去外地讨生活,一帮朋友凑了雅集在细雨的夜里来送他。喝茶喝酒挨了两个小时,终于有人开始唱歌,唱《春江花月夜》和《梅花三弄》。

醉得差不多,或醉得恰到好处,或醉得一塌糊涂的人给笛声弄醒了。虽程度不一,朦胧的眼睛看着窗外的杏花;这光,这影,这颜色,这声音一起和在酒里了。剩下不喝酒的幼麟一个人清醒地守着这一群多年的狗蛋好友。

如此灿烂的夜!别醒,别醒!
……
幼麟慢慢站起来,对韩山和班鼓手得豫说:
"我来曲陈与义的《临江仙》吧!——'忆昔午

桥桥上饮，座中多是豪英。长沟流月去无声。杏花疏影里，吹笛到天明。二十余年如一梦，此身虽在堪惊。闲登小阁看新晴，古今多少事，渔唱起三更。'"幼麟用最弱的声音结尾，及至还原回到寂静的空间；笛声与班鼓、檀板也跟随轻微消失。

如此灿烂的夜。像一切过往的诗人那样，《无愁河》的作者也有力量将夜色里的烦愁在爱中振拔成可以流传的歌，一不小心，我们就和作者一样，荡在里面，陷在里面了。

让我们再来谈谈怜悯。

我们的当代文学中，常见的是高高在上的同情，是知识分子对底层充满隔膜的热诚，是衣食无虞者推开棚户区窄门的探访，是异质性的侵入、缺乏尊重的关心以及有距离的想象。在很多小说家笔下，那些被侮辱者和被损害者每每是作为一个符号出现的，代表的是社会的不公、民族的苦难、道德的缺失、时代的遭际，乃至命运的无常，而不再是一个个活生生的、同样有资格拥有各种复杂情感和卓越能力的人。譬如，我们看到那么多的读者在感慨涂自强的悲伤不是其一个人的悲伤,而是所谓时代的"集体悲伤",却忘记了这一切不过是作者精心设计的旨在催泪的苦情大戏,她把一桩桩不幸叠加在一个充满寓意的人名上面,她想当然地把卑微者和成功者的对立置换成低能和无耻的对立,她像一个丐帮首领一样,操控手下乞丐的苦难以榨取大众同情的钱币。

与之相比,怜悯,则是一种更为素朴的情感。怜悯者首先相信自己是和那个受怜悯的对象一样的人,他人触目惊心的苦难令他看清自身未被揭示的苦难,而在他人的痛楚面前,他并不敢立刻有所表示,因为自觉轻薄,他只是先深深地俯下身去,向一切深陷在悲伤中的命运低头致敬。《无愁河》里专门讲述过几个可怜的疯子,用当地的话叫作"朝神",在摊位上死乞白赖讨东西吃的"羝怀子",温和缠绵,欺软怕硬,少年人爱逗他,却也爱听他摆龙门阵;留宿土地堂里的永远自我忧愁的罗师爷,被顽童扯着飘零的烂衣却郑重其事地警告对方小心他的沾衣十八跌;打更人唐二相,没有老婆,爱在女学堂门口显摆诗文在夜里将转更的点子打得密透的孤单人;从大小姐沦落为讨饭婆的萧朝婆,悲苦缠身,却会剪鬼斧神工的纸花;还有发疯时会光屁股吃狗屎、正常时候却可以扎出全城最好看风筝的侯哑子……他们"常受大人调侃，小孩欺侮"，却依旧努力在残缺中保持尊严，而更重要的是，整个朱雀城的人都参与到对这种人格尊严的维护之中。朱雀人会将对弱者的调侃和欺侮保持在某个适度之内，在一种素朴的怜悯心的驱使下，他们懂得尊敬一切的不幸，懂得将一切被侮辱和被损害的人视作自己的同类，而非异质性的存在。当然，《无愁河》的作者自然也同样懂得。

《无愁河》里更为浓墨重彩描绘的，是一个叫作王伯的普通女人。她长相平平，命苦，话少，经人介绍来狗狗（序子小名）家帮佣带孩子，时间不长，但主人家有难时，却二话不说背着两岁的狗狗（序子小名）逃难山中，一路和狗狗唠嗑，说尽平生，也说尽自己知晓的万物和人情。她有个从小玩大的苗族男朋友隆庆，平日无往来，必要时却可相互舍命。她待人诚恳厚道，也泼辣有原则，不信命也不信理，信奉的是"莫伤天害理，也莫让人欺侮"。她多年来待狗狗如亲生，却不妨碍她有一次，在刚刚上学的狗狗为了和一个新同学要好而割弃与跛脚庆生的友情之际，站出来破口大骂狗狗，

"你坐好!等我想一想怎么骂你。——嗯,你是个混蛋,你是个孽种!他一辈子都会恨你!他活好久就恨你好久,你一句话杀人不见血!……最欺侮他的就是你。你把他的心打碎了。碎了一地,补不起来了。——别看他小,我没脸见他。他把你白天当太阳,晚上当月亮。信服你,靠你,耐烦坐在岩头上等你一天,两天,三天……你慢慢会长大的。现在你不懂,你越大越会明白。没有比让人伤心更恶……"

王伯狠狠诅咒序子;她绝望之处是因为她明白大局无可挽回。她明白庆生和他爹这种人,在某些地方跟她一样。当弱者情感被逼到绝顶时,那令人生畏的庄严面目在凡间是难见的。

王伯夜里带着狗狗去找庆生赔礼,庆生家死活不开门,王伯挺起胸脯拉起序子往回走,"回去的路真黑"。在这时,作者竟忽然引用起《圣经》"罗马书"里的话:

"因为我深信无论是死,是生,是天使,是掌权的,是有能的,是现在的事,是将来的事,是高处的，是低处的，是别的受造之物，都不能叫我们与上帝的爱隔绝；这爱是在我们的主基督耶稣里的。"

这是奇诡奔放的转折，《无愁河》中时常可以见到这样的叙事转折，像静水深流，猛然于横转处激起浪花。这转折与那种自欺欺人的虚假安慰和刻意安排无关，这转折不是要将最卑微者擢拔成高贵，或将最柔弱的点化成刚强，而是在见到人类内在心灵和外在身份的千种差异之后，还有力量将他们拢合在一处，令他们得以在同一个、被爱和怜悯的光照亮的舞台上生活，我们在这样的转折中感受旧有成见的破碎，以及灵魂的新生。

怜悯令我们平等，令我们知晓他人是和我们同样的人，无论他是行善还是作恶，是在高处抑或低微；令我们知晓这个世界可以容纳聪明话也应当容纳蠢话，就像序子家婆批评幺舅时讲的，"有时，也要让人讲着好玩……世界上也不能光是聪明人讲话……你这人，整天不讲话，也不让人讲，也难像正经日子"。

爱，则令我们奋力探究和接受那些自己不可理解的人和事，接受另一个和自己不同的存在，无论他美丽或丑陋，富有或贫穷。爱令狭小的自我扩展，向着整个宇宙。爱令我们自由。

于是，那些怀揣爱和怜悯的写作者，仿佛是永久生存着。他清楚地看见自己生活在历史的不同时代，不同空间，黄帝大战蚩尤的时候他在，美尼斯王统一埃及的时候他也在，他在威尼斯的桥上吟诵欢歌，也在劳改农场的灯光下半睡半醒，他做过海盗、和尚、车夫、魔术士，也做过一方的霸主、落拓的书生、贫苦的农妇。他是一切人，也是一。

以爱和怜悯的名义，那个九十岁的老人，依旧在如同朝阳一般地奋笔疾书。

对具体的激情

1

在三卷本《中国古代金银首饰》的后记里，作者谈到这本书和先前出版的《奢华之色：宋元明金银器研究》之间的关系，"本书是《奢华之色》卷一、卷二的补充修改本，就时代而言，前面新增两汉至隋唐，后面新增清代，此外，图例的增补与更换占了很大篇幅"。记得《奢华之色》出版时，在北京曾举办过高规格的学术恳谈会，并有全文笔录在坊间流传，其中与会学者从考古学、艺术史、物质文化史等诸多方面对作者成就的细致阐发，可以说是题无剩义，可以原封不动地拿来作为《中国古代金银首饰》

的赞辞。但进一步而言，倘若我们当真相信了作者所谓"补充修改本"的谦逊说法，以为这部新书仅仅是在旧著基础上的一些资料和图例的扩展，并且重复一些已有的赞美，那我们或许又会小瞧了作者数十年如一日的心力所向。

尚刚曾经以老朋友的身份批评《奢华之色》太"名物"，没有充分显示器物发展的脉络、演变的成因，以及地域差异上的考量，比如元朝金银器中显著的南北区别，等等，如今对照《中国古代金银首饰》，可以看出不少基于此种批评之上的结构调整，但依旧尚有一种倔强的坚持。她在接受媒体有关新书的访谈时就说，"比如草原金银器这一部分，我觉得这是必须专门下功夫的。这一方面我其实也搜集了好多材料，但是材料那么多，还得慢慢消化，尤其草原文明跟西方的联系比较多，好多域外文明的因素，这些你不弄透了不敢写。所以我的书里这些部分基本没涉及，我在序言里也说了，'它不是一部中国古代金银首饰史，而是关于中国古代金银首饰的我所知、我所见'……草原金银器的部分我多半是经眼，而没有机会"上手"，我希望是尽可能上手，你得看它正面、背面，看它整个结构、图案，那样你才敢说话。在考古报告中，关于金银首饰，通常是按照今人的理解给定一个名称和几句描写，注明长若干厘米，作为考古报告，至此它的任务已经完成。对于我来说，考古报告结束的地方，正是我的起点。比如《上海明墓》中提到的首饰，我是到上海博物馆库房里，拿着放大镜颠来倒去一一看过，才敢形容它，光看报告，看一个不清楚的图哪敢说话？即便考古文博界的朋友提供了清楚的照片，也还要争取机会亲眼看一看才能够心里有底。所以我总是强调一定要经眼或者上手了才行，哪怕没称你也知道分量，得有这么一个感觉"(《扬之水：面无奢华，心有足金》，《新京报》2014 年 12 月 27 日)。

对于"我所知，我所见"的自我界定，以及对于"上手"这样的实感经验的强调，这里面不单单是所谓学者式的谦逊与严谨，至少对我而言，更具启迪性的，其实是一种思维上的差异。在美术史家与《中国古代金银首饰》作者之间的这种差异，有点接近于列维－施特劳斯在一篇著名文章里所提到的，科学家与修补匠的差异。相较于科学家的基于概念和结构的思维方式，修补匠首先更关注的，会是手头究竟拥有哪些可以使用的零件，他的思维的出发点和落脚点严格地限于这些虽不充分却完全被自己掌握的零件之中。按照施特劳斯的说法，修补匠总是通过那些作为介质的具体和有限的事物去说话，修补匠可能永远完成不了什么无中生有的开创性设计，但他总是把与他自身有关的某种东西置于设计之中。

在扬之水的《中国古代金银首饰》中，诸如一支玛瑙荷叶簪、一颗金累丝镶玉灯笼耳坠，或是一枚秋胡戏妻图样的双转轴金戒指，它们首先都不是作为某种艺术史和造型演变史的材料、某种考古学和历史理论的证据而存在的，它们首先就是自身，就是一个个的名，而最迫切的事，是认出这些指向自身的名，并将它们呈现得完全。

> 式样最为特殊的一件，是江西南昌青云谱京山学校出土的金累丝蜂蝶赶花钿。此原为主题一致的头面中的三件，其中金镶宝蝶赶花簪成对，前面已经举出。花钿用九厘米长的窄金条做成一道弯梁，素边丝掐作牡丹、桃花、杏花和两对游蜂、一只粉蝶的轮廓。薄金片打作蜂蝶的躯干，花心、花瓣、翅膀平填细卷丝，然后分别攒焊、镶嵌为一个一个小件。七朵花用细金丝从花心或花瓣里穿过去然后系于弯梁，蜂

蝶便轻轻挑起在花朵上而姿态各有不同，粉蝶是正在采花的一刻，游蜂是敛翅将落而未落的瞬间。弯梁背面接焊扁管，今存两个，但原初似为两对。它的独特在于结合了传统步摇的做法而做工格外精细，用金银珠宝竟也填嵌出如此纤丽轻盈的翠色幽香。

（《中国古代金银首饰》第 526 页）

这样的白描文字，似易实难，因里面全然都是具体的名词和动词，又因为准确，所以并没有多少饰词和喻词存在的必要，它们始于对具体事物进行的精细研究，又经过作者的反复锤炼。我们仿佛被作者拉着坐在那些无名老工匠的身边，目睹他们怎样把大地上的细碎材料耐心打造成人世的作品。这是需要沉静下来才能进入的文字，这文字本身亦有一种迥异于当下时文的"持久的古典趣味"，使人沉静，也教人如何沉静。

更何况，这些精细可感的文字，每每又配上作者手触眼见、美丽绝伦的实物图像，它们构成了一种真正意义上的双重叙事，犹如"蜂蝶赶花"的纹样，文和图之间彼此缠绕、相互争艳，却又可以自行其是。某种程度上，这是一部至少需要阅读两遍的著作。在第一遍阅读的时候，我们这些现代人的目光难免会被那些光泽通透的首饰图样所眩惑，会不由自主地根据图样的美丽去文字中寻觅相应的解释，但在第二遍阅读的时候，我们或许会从知识和解释的需求中摆脱出来，就像重读喜欢的古典小说，情节和悬念已不重要，重要的是那一处处可以随时藏身的物之细部，是那些安宁自足的曲折河湾与褶皱山坳，而考究的纸张和素净舒缓的竖排装帧设计又很好地满足了图像与文字阅读的双重需求。

然而类似金累丝蜂蝶赶花钿般的精美卓绝，在作者心里，又和人世间那些微不足道的小儿女物件混在一处，它们是被平等相待的，就好像"修补匠"对手中的大小零件投以相同的关注与爱惜。

> 金银短簪可以是单独的一枝，也不妨成对，绾发之外，发髻上面一两枝小簪子也是几乎不可缺少的最为平常的装饰。它有着最简单又最基本的用途因而使用最多，乃至轻易不会除下，便仿佛与使用者最为亲近，且因此好像另有特别的意义，于是又常被用作

男女寄情的信物。《石点头》卷十《王孺人离合团鱼梦》曰乔氏"头髻跌散,有一只金簪子掉将下来,乔氏急忙拾在手中。原来这只金簪是王从事初年行聘礼物,上有'王乔百年'四字,乔氏所以极其爱惜"。又《金瓶梅词话》第八回曰潘金莲向西门庆头上拔下一根簪儿,拿在手里观看,"却是一点油金簪儿,上面钑着两溜子字儿:'金勒马嘶芳草地,玉楼人醉杏花天。'却是孟玉楼带来的"。均可见意。

(《中国古代金银首饰》第440页)

金银耳环式样最简单且尺寸最小的一种,时名丁香或丁香儿。《醒世恒言》第八卷《乔太守乱点鸳鸯谱》中说道,耳上的环儿,"乃女子平常时所戴,爱轻巧的,也少不得戴对丁香儿,那极贫小户人家,没有金的银的,就是铜锡的,也要买对儿戴着",即此。南京中华门外邓府山王克英夫人墓、上海松江区叶榭镇董氏夫妇墓出土金耳环,便都是丁香一类。

(《中国古代金银首饰》第617页)

2

翁贝托·埃科编写过一本《无限的清单》，通过大量的图像和文本的例子，他要强调的，是从荷马史诗、中世纪文本、百科全书派直至现代、后现代作品中绵延不绝的、人类作者对于清单的爱好。这种爱好，起初或许和一个人面对宇宙和美学上的无限所产生的原初悸动有关，但最终却可能体现为一种人类一再从既有宏观理念返回具体微观事物的持久激情，在这样的激情中，一个由具体清单构成的物质世界也就是一个精神世界。

或许也可以从这样的角度去看待扬之水在名物学上的、一种既接通古典又极具现代性的努力。阅读《中国古代金银首饰》的历程，也仿佛在抚览"无限的清单"，这里面真正让普通读者震动的，倒未必是从中获得了某件饰物的鉴赏知识和某个纹样的演变历史，而可能是头脑里对于事物的某种简单固有的符号化认识被无数汹涌而来的具体名称所摧毁，随着这种摧毁所带来的，是个人词汇表的扩展，以及对于事物的重新理解，于是这种词汇表的扩展其实也可视作自我精神领域的扩展。

二十年前，尚在《读书》就职的作者因王世襄先生关系得识孙机先生，随后在"九月六日"的日记中她写道，"读孙著，并与先生一席谈之后，痛感'四十九年非'，以往所作文字，多是覆瓿之作，大概四十一岁之后，应该有个转折，与遇安先生结识，或者是这一转折的契机"（扬之水《〈读书〉十年（三）》第388页）。于四秩开外尚能有学问上的精进之求，这是作者的过人之处。她蕴藉的才情和偏于及物的性情，得遇孙机专精与通贯并重的学问指点，实属幸事。然而"见过于师，方堪传授"，若作粗率的比较，孙机先生的志向还是在西学影响下的治史，一器一物的扎实考证最终是为了映照和还原出更大一个历史时代的形上之学；而扬之水的兴趣却始终不离中国古学里的格物致知，或者用她自己的话来说，是"定名与相知"。那一件件古老的物，曾经属于一个个活生生的女子，被她们佩戴，插在有温度的发髻鬓角，随她们沦入尘土，日后被发掘出又随即再次四散在博物馆库房的尘灰中；那一个个具体的名，曾被人一笔一画地写出来，隐伏在旧日的典籍、小说、俗本乃至类似《天水冰山录》这样的抄家清单中；如今因为一个人的努力，这些物和名，竟然又被聚拢在一起，彼此相认，彼此重构曾经共同置身其中的生活之流。"不是古玩欣赏，不是文物鉴定，只是从错错落落的精致中，收拾出一个两个迹近真实的生活场景，拼接一叶两叶残损掉的历史画面。那是一个充满活力的时代中一点儿特别的热闹。"当年作者为杨泓、孙机《寻常的精致》一书所写的跋文，亦可作为自己日后名物之学的微小注脚。

在扬之水和她所关心的名物之间，存在的是一对一的学问。她曾写过篇短文叫作《穿心合》，写一件女儿家小玩意的流变，"小小的合子做成圆环式，可以上下开启，一条手帕从合子中心穿过，然后结在手帕的一角，揣在衣裳袖子里，随身携带。合子里放什么，可依各人所喜，香末，花红，或其他心爱之物，皆无不可。至于盒子的盒，依古人的写法，是该写作'合'的，而这三个字放在一起，很有点儿刻骨铭心的感觉"。《春秋繁露》里所谓"名生于真，非其真，弗以为名"，大体可作为扬之水名物学的伦理依托，她相信那些存在过的名都生于人世的真实之物，就像女儿家藏在箱底的糖纸和手绢，枯燥耗时的考证之学遂在这样对微物的爱惜中转化成有温度的生命之学。

而这种生命之学，这种对于具体实物的激情，其实也正是文学的根基。

古罗马贵妇人用长长的金簪装饰她们的头发,但令小说家巴尔扎克感兴趣的,是这作为小物件的金簪在当日生活中究竟会派上怎样具体而微的用场。与之类似,扬之水也有她持之久远的与文学相关的"物恋"。她写过一篇近于自白的文章,谈她对张爱玲的喜欢,和对物的迷恋,"我喜欢她对物的敏感,用她自己的话说,就是'贴恋'……我喜欢这种具体,也可以说是立体。如同我读诗,喜欢白居易、陆游、杨万里、厉鹗,尤其喜欢白、陆的琐碎,他们的诗竟好像日记一样纪录日常生活中的一切琐琐细细。当然也喜欢李贺、李商隐,李商隐诗的所谓'朦胧',多半是出自对'物恋'的经营。对物的关注,是一种思维方式,也是一种写作方式"(《物恋——读张随笔》,引自扬之水《物中看画》第 172 页),但在喜欢之外,她又明白自己的限制,"大约一种物恋是用来看取人生,另一种是打捞历史",她于是把前一种交给张爱玲,自己去担负后者。

事实上,在《中国古代金银首饰》这部新书里,作者终于完成的,是某种巴尔扎克式的宏大工作,即通过对细节和小事情的研究,如老镶嵌工般极其耐心地组织材料,构成了一个充满整体感、独特性鲜明的生活世界,而这样的工作,这样对于一个已失去的、绚烂而具体的生活世界的还原,我们的当代文学从来没有完成过。

3

这一两年,作者在《书城》杂志不定期连载《看图说话记》,以古诗文中涉及的名物为纲,以平日留心搜集的器物图画和文物照片为目,用平生所学,为自己经眼的古诗文通行笺注本中的相关疏漏和错误做补正,我读下来,觉得真是受益良多。大抵此种工作,文博考古学者或不屑为之,大专院校治古代文学的教授则无力为之,沈从文于上世纪五六十年代就对此予以痛陈,说"事实上博物馆有上百万实物睡在库房中,无人过问。教书的却永远是停顿到抄来抄去阶段",他希望搞文学的人也去关心文物,这"将会更深一层理解古人写文章用字遣句的准确明朗处,以及生动活泼处。只可惜许多读书人还是乐意在古人四句诗中用字措辞含意下功夫"。

因为文学之"文",不仅仅是文字之"文",也是文物之"文"。对这二者的贯通，我相信会是扬之水给予今日喜欢文学之普通读者的最大启迪。"中国学问有二类，自物理而来者，尽人可通；自心理而来者，终属难通。"作者曾引黄侃的话形容其师孙机先生的治学。昔日钱钟书著《管锥编》，近万种书籍的征引，儒道释西四种文献结构的穿插，所谓"东海西海，心理攸同"，其落脚点和成就，其实正在于由"终属难通"的"心理"而入文学，在我视野里，《管锥编》当是四九年以后最好的文学批评著作。扬之水读书的入门书即是《管锥编》，某种程度上，她日后虽从孙机先生治名物，却始终不离诗文，隐约有与《管锥编》作者殊途同归之意，即从"物理"而入文学，当然这条"尽人可通"之路施行起来同样千辛万苦，非一般人所能完成。

可以举一个与《中国古代金银首饰》相关的例子。《看图说话记》第六则"金条零落满函中"，提到温庭筠《咏春幡》诗中的"玉钗风不定"句，其中所附唐五代墓出土的"银鎏金镶玉钗首""金镶玉步摇""金臂钏"等图，在《中国古代金银首饰》第一卷中都曾出现过，但两处文字迥异。大体而言，彼处是以饰物分类描述和演变为主线，诗句只作为辅助的点缀，而《看图说话记》的文体却是以诗句作经，饰物作纬，经纬交织，优游自如，似乎更为好看。如：

> 即以钗之袅袅，香步徘徊之际，便好似风中轻飏。则飞卿之"风"，不如说是唐钗之风……诗与物在此因缘际会，因缘即在原本是同"风"。
>
> （《书城》2014年4月号第76—77页）

同一则又引王建《宫词》"金条零落满函中"句，指出：

> 此"条"，指组合为簪钗的细薄之构件，和凝《宫词》"结条钗飏落花风"，也是同样的意思，正不妨拈来作注。而《王建诗集校注》释此句云："金条，金条脱。条脱又作跳脱，为手镯、腕钏一类的臂饰"，似乎是错会了。且不说金条脱未闻以金条为称，即便果然此物，它又何至于"零落"且"满函"。西安南郊何家村唐代窖藏中的金钏，是唐代的典型式样，如此，其不可能"零落满函"，大约可以见得明白。何

况此诗通篇是以发式与簪戴侧写美人之舞，其实未及腕饰也。

（《书城》2014年4月号第77页）

这种图文并举的旁征博引，又处处不离对诗意的涵泳体味，倘若持之经年，加以条理，或也能如《管锥编》一样，把人们对文学的理解带到一个更刚健有力、生生不息的层面，因它背后有作者二十年海内外名物探究的积累，如同《管锥编》背后有钱钟书数以万页计的笔记作为底子。

作者《〈读书〉十年》日记曾记载孙机先生对其《中国古舆服论丛》两则书评的评价："读后以为皆未搔到痒处……作者似乎对古舆服制度本身缺少深入、透彻的了解，便很难给所评之书定位。首先应当说明这一领域研究的基本情况，此前有哪些著作问世，解决了什么问题。至此著出，又打开了怎样的局面，书中所及，哪些是承继，哪些是创见。书证丰富，非其独得之长，要在有去粗取精、去伪存真的深厚功夫。结末，若循旧套，必要指出不足，则何妨略述目前这一研究领域中存在的几个疑难，以作讨论。"（扬之水《〈读书〉十年（三）》第455页）

倘若以此观之，这篇小文实在难当书评之名，它充其量仅仅是一个文学爱好者自以为是的表征，他从一切好的著作中单看到文学，因他觉得文学或许应当有力量吸纳一切。

无所事事的欢乐

《小熊维尼》这本书,我是在星期六的下午靠在床上看了一半,然后因为要外出,随即带到巴士上接着看的。但凡以熊为主角的故事,往往是要让人思绪迟缓下来的。写过《当世界年纪还小的时候》的舒比格,就曾故意写过一个关于熊的冗长故事,在那个叫作《熊年》的故事末尾,去看望熊的小女孩哈欠连连,接下来有一句,"这故事没办法说,谁要一说,马上就会睡着,听的人也一样"。

手捧《小熊维尼》的我,当然还不至于睡着,只是觉得,似乎和之前所看到的其他的伟大童话有点不一样,但一时间亦无从辨别。直至翻到末章,小男孩罗宾和维尼熊一起走向森林顶端的魔法地,在路上,罗宾问维尼:"你在世界上最喜欢做的事情是什么？"维尼照旧做了一个笨小熊式的回答，然后罗宾自己说道："我最喜欢无所事事。"

这句话一下子击中了我，整本书在眼前随即清明起来，只是，在下车以后，走在上海郊区安静开阔的林荫道上，我自己却神思恍惚了许久。因为想到了无所事事的小时候。

我一直羡慕那些提及童年便眉飞色舞地回忆起种种冒险和趣事的人，哪怕是惨痛，隔了多少年后回望，那也成了故事。而我自己，怎么想却都没有故事，只有一些无所事事的印象。比如一个人坐在院子里，用接上自来水的胶皮管远远地对准母亲堆放在角落的煤渣球，想象那是炮火倾泻在敌人的碉堡上，碉堡一个个粉碎，再被水冲进下水道；再比如把火柴盒里的火柴们一个个地编上号，放在床上，分成敌我两方厮杀，以至于父亲抽烟找火柴时，发现每根火柴都是断的（没断的属于精锐部队，已经被我藏起来了）。再或者，就是拿着爷爷的拐棍，当作奇门兵刃，整个一下午坐在那里杜撰侠客行。种种这些，倒真不是因为我自闭，只是因为，不是每个小孩子都可以随时找到另外的小孩子一起玩耍的，但做完功课后的小孩子，假如不用去做童工补贴家用的话，却是时时刻刻都处于无所事事当中。

无所事事的欢乐

"无所事事怎么做？"纳闷了好一会儿，维尼问道。

"就是当别人来叫你干什么时，你也正好想干什么，'你有事吗，克里斯托弗·罗宾？'你回答道：'哦，没事。'接着跟他去做那事儿了。"

这就是罗宾的，我也相信不仅仅是我的，真实的童年。假如我们都拥有小王子、彼得潘、康夫、小新、皮皮鲁……那样精彩有趣的童年，那时光该过得多么快啊！像一本书一样，一会就翻完了。但假如真的那样的话，我们又怎会在成年后的急管繁弦中一再感怀，童年的悠长竟每每有如永生！

我觉得，《小熊维尼》的真正伟大和独到之处，就在于捕捉到了这种童年的真实。在维尼的故事里，童年既非梦想也非寄托，而是小孩子们的现实。做一次平凡的远征，被想象中的长鼻怪吓得魂飞魄散，为驴子伊唷过一个简单的生日，在森林里四处串门，想让讨厌的人迷路结果自己迷路了……这样的童年，就像这本书的淡蓝色装帧给人的感觉，起先会以为有些过于素净，但最后却愿意一再地摩挈。因为童年真的就是这样无所事事，所以任何小事都可以产生欢乐。你看，他们正兴致勃勃地站在桥上，往水中扔小棍子，再赶紧跑到桥的另一侧，看谁的棍子先漂出桥洞。这是维尼发明的"噗噗棍"游戏。

然而，小男孩都要长大，森林、小熊维尼和其他动物们却要留在原来的时空里，这是一切童话故事都要面临的、最最无可奈何的问题。这本书最后的动人之处在于，作者并没有回避这个问题。小男孩罗宾和维尼小熊在森林的顶端伤感告别，他将要忙着应付很多很多事情。不过没关系，会有一个新的、无所事事的小男孩，重新站到维尼面前。

爱的知识

据说绘本都是给孩子看的,而绘本导读则是给大人看的。我女儿前几天拿到我给她的一本"魔法象",因为她已经快十岁了,看到这种每页只有几十个字的绘本,三下两下就翻完了,我就有点不甘心,就对她说,要不你再看看导读小册子,看看人家是怎么读这本书的。她很听话地翻开,但看了第一句话就不看了,指着那句"如果你和我一样,是一个或几个孩子的父亲"对我说,这明明是给你看的。

因此我想写一个小孩子也可以看的导读,尤其是遇到于尔克·舒比格的书。因为他的那些有关小孩子和"年纪还小的世界"的故事,其实都是暗暗写给大人看的,或者说，只有大人才能更为真切地感受到那其中深沉的美好，因为舒比格所述说的，都是大人们失去之物，比如天真、好奇，比如给每一样事物都赋予灵魂，并和它们平等相处，以及，无与伦比的诚实和勇敢，和执著的对于自我的探索与追问。而小孩子们呢，因为你们就不自觉地置身在这样的美好之中，就像藏在花心里的蜜蜂，可能是没有办法感受一朵花给予世界的美。

比如我几年前就试图把舒比格的《当世界年纪还小的时候》推荐给我女儿看，却遭遇到挫败，刚上小学的她觉得看不懂，觉得没什么意思。我不知道在读这个导读的小朋友，你的爸爸妈妈有没有给你看过这个作者写的其他的绘本，不知道你是否也有类似的"觉得不好看"的阅读体验，如果有，那么你千万不要失望，你可以问你的爸爸妈妈，"你们看过这本书吗"，如果他们没有看过，你就请他们给你再读一遍，因为据说读过舒比格的书的大人，一定会对小孩子更好一点，我就是这样。

然后，你可以把它先插到你的小书架里，把它当成一个留给未来的礼物。

但此刻你面前的这本《我们的悄悄话》（又译为《两

个相爱的人》),因为直接写的是和婚姻有关的爱情,似乎更加只有大人才能明白其中的奥妙。我看完之后就很踌躇,不知道应该给什么年纪的小孩子看才合适。因为按照我们老派的观念,一个人至少总要到上大学的时候才可以谈恋爱的,在此之前,应该把心思都用在功课和学习上,有关爱情的教育,对于小孩子似乎是没必要也不合适的。然而,在形成这些老派观念的年代,没有各种平板电脑、智能手机和网络动漫,由大人选择的书籍是一个小孩子接触外界的主要方式,所以大人们可以很安心地通过选择书籍来保护小孩子不被一些不合适他们年龄的东西干扰。但现在是完全不一样的年代了,小学生们都拿着智能手机和平板看世界,各种良莠不齐的影视动漫、游戏乃至广告片也在不断影响孩子的思维,孩子们也会越来越早地从各种渠道听到"爱情"这个词,而很多时候,孩子们听到的看到的其实都是比较差劲和庸俗的爱情观念,比如说虚荣、嫉妒、自私和占有欲,然后慢慢不知不觉地被洗脑,觉得这些就是爱情。这是很可怕的,在这种情况下,或许就有必要让你提前知道一下,有关爱情的正确知识。

和舒比格其他的书不同,这本书里的文字是非常明朗、直接和炽热的,它要描述的,是"幸福",它像空气一样,存在于两个相爱的人之间。也就是说,爱情给我们的一个最基本的体验,是幸福感的产生。然而这种幸福感,虽然是因为对方而产生,但最终不取决于对方,只取决于你自己。你喜欢的人也许不喜欢你,或者,也许你们很快就会分手,这都没有关系,重要的是,你因此遭遇到一种全新的、奇妙的感情,这时候的你,是幸福的。就像书里那只欢呼雀跃的青蛙,还有安安静静仰望可望不可即的星空的山羊,它们都是独自一个人,但那一刻都是幸福的。这种幸福感不期待永恒,但它会让你成为一个全新的人,你知道自己曾经感受过幸福,这很重要,会帮助你成为一个善良美好的人。

其次,相爱的人,很多时候注定是不对等的,很多时候,其中的一个人都会比另一个人爱得更多一点。爱不是一架称量彼此地位、容貌和才能是否匹配的天平,而是一段永远向上的阶梯。爱让一个人变得渺小,卑微,又同时充满向上的无穷可能。这是一个秘密。这个秘密,文字作者舒比格没有讲出来,他交给插画家沃尔夫·埃尔布鲁赫,把这个秘密藏在一幅幅非常精彩动人的图画里。

我们假如仔细一点，会发现，在这本书与文字一一对应的十八幅插画里，除了两幅画我们之前说过，只有一个小动物之外，另外只有三幅图画描述的是两个同类且大小相仿动物的并列构图，两只兔子，或两只熊；还有一幅画，虽然是两只同样的鹅，却一上一下；而在剩下的十二幅图画里，我们看到的两个相爱者，是完全不一样的生物，是蜗牛和兔子，是松鼠和猫头鹰，是山羊和狗，是羚羊和青蛙，是兔子和螳螂，是猫和鹅，是大狗和金鱼……他们大小迥异，构图上也大都是上下结构，很多时候是一个大生物温柔地俯身而另一个小生物努力而骄傲地仰首。

很多时候，爱就是灵魂上的相互亲近，而不是外在的条件般配。你喜欢一个人，就要接受他／她和你是两个完全不同的个体。因为我们天然是不同的，而爱可能也是不对等的，因此，我们才有可能通过爱，彼此获得一种新的平等。这种平等，你作为一个很小很小的小孩子，一定不会陌生，那时候，万物在你面前都是一样一样的新鲜，但有一天你会长大，万物的新鲜在你眼中会褪色，会变得面目全非，但不要害怕，因为还有爱，和很多关于爱的艺术作品一直在这里，会帮助你。

一份第三人称的读书自述

1

奥登在访谈中曾经对歌德的自传表示惊异,他说:"如果有人要我写一部有关我最初二十六年的自传,我不认为我可以拉长到六十页。而歌德他竟然写满了整整八百页。"某种程度上他的心态和奥登相似,对自己过往岁月的兴趣,远远比不上对此时此刻和接下来二十四小时的兴趣。

但以读书为名义的回顾又稍有不同,那些沉积在书本里的时间似乎都不成其为岁月,它们无关乎这具肉身乏善可陈的经历,甚至影响和束缚了他在尘世中的冒险,但正是这些被书籍吞噬的时间参与塑造了他,又不像恋情和履历一般可以列举，谈论它们就好像捕风，这风又不停地将他吹向未来，吹向在他的世界尽头所伫立等候的那一本书。

人们并不能凭这些企图谈论书的文字来认识那些书，但是否能够就此认识他呢？这位言说者其实也并没有蒙田般的自信。充其量，他所能够呈现的，只是某种似是而非的相遇，在书与人之间，在过去的岁月和即将到来的日子之间。

2

他的女儿今年五岁。从她一岁的时候开始，他就给她读书，每天睡前，当然是图画书，这个时代有无数的图画书。她最初能听得懂吗？他不知道。但他知道自己大概也是这个时候就已经开始接触书本了，是他母亲告诉他的，他是他们的第一个孩子，那是上世纪七十年代后期，没有电脑，没有网络，连电视也没有，那些印刷在粗糙纸张上的识字卡片和儿童画报，是他了解外在世界的方式，当然，也是他母亲和他一起消磨时间的主要方式。至于读什么，他从自己和给女儿读书的经验上来揣测，大概在最初的时刻是不太重要的，重要的是由此养成了一种习惯，觉得书籍是可以亲近之物，在寂寞的时候。

比如，无论他给女儿读多少鼎鼎有名的绘本，她最终在五岁这个年纪上毫不犹豫最喜欢的，是一本盗版的芭比公主故事书，虽然那绘画和文字都拙劣，且充满了浓浓的廉价言情小说味道。她喜欢芭比，因为她们好看，是更成熟和更美丽的女孩子，仅此而已。她会忘掉它们的内容的，就像他如今也完全记不得四五岁时看过的任何读物。有一个午后，她要求他像她一样，也挑一本最喜欢的书，然后各自看。于是他顺手在书架上取了一本许久没有打开过的《庄子发微》，她当然拿的是芭比书，并且问了问他手上这本书的书名，然后他们就坐在房间里各自看书，有时他会取出手机看看微信，而她就会立刻提醒他，不要玩手机，快看你的《庄子发微》，说完，继续很严肃地，或者装作很严肃地，低头读她的芭比历险记。

在庄子和芭比之间隔了多远的距离呢，他不知道。在某一刻，他们只是同样都有力量让人低下头去，让空间变得沉静安宁。或许正是想象力慢慢变得不好的大人，才越来越挑剔手上的书籍，就像想象力不好的成年人才满世界旅行一样，谁知道呢。

3

尽管从记事起，他就被视为一个爱读书的孩子，但几十年后，他完全记不起青少年阶段曾经看过的任何书的内容，也无法说明到底是什么书对自己产生了影响。他很羡慕那种被一本本确定无疑的好书影响和指引的人生，像拥有清晰可辨路标的国道，但他不是这样。充其量，他能够记得每次父母去县城回来都会给他从新华书店买些书回来，它们有些是成套的诸如《东周列国志》这样的小人书，有些就是粗浅的儿童故事；有一本月刊叫作《儿童时代》，三十二开的白色封面，没有什么图，很纯粹的文字故事，父母给他订了好久；或者，他能想起来的，是一幅幅低头读书的画面，在奶奶家老祖屋的天井里，在爸妈厂区平房卧室临窗的方桌前，在自己小房间的床上，在街边租书摊的板凳上，在下午公园的长椅上……而这些地理学意义上的存在如今也早已物是人非，和他少年时候读过的那些良莠不齐的书籍一样，混作一团类似于燃料用尽之后的火箭推进器一般的残骸，在他身后脱落，离他越来越远，剩下他依旧在向着某个不知名的宇宙深处迈进。

直到大学时代，他依旧是一个带着深度近视眼镜胡乱读书的人。萨特讲过一个读书的悲惨故事，一个人试图按照图书馆书目首字母顺序从 A 读到 Z……他想，这未必是不可能实现的，它最终只取决于身处的是何等规模的图书馆，比如他就读的那个工科大学图书馆乏善可陈的文史哲图书陈列架，以及后来毕业到电厂工作后在宿舍区的那个只有两排书架的小图书馆。有时候，他想，匮乏导致的盲目和丰盛导致的盲目是相似的，或许前者比后者对人的损害还要轻微一些。

4

他尝试碰触到一点点读书的门径，是去复旦读研之后。他的导师许道明先生是治现代文学批评的专家，注重史料和理论，一入门就扔给他一本《中国新文学大系导论集》，教他由此着手爬梳新文学的脉络。十余年后，有一位年轻的经受过系统学院训练的小说家对他讲,没有见过比他更爱看文论书的人。他有些讶然,随即就想起了那些在复旦文科图书馆和上海图书馆翻检西方和民国文论著作的日子。在复旦三年,他的变化,大概就是从一个从外部窥探文学的文学青年,慢慢转变成一个从内部理解文学的略有挑剔的半专业读者。而所谓的从内部理解文学,主要的途径,就是尝试借助另一些"魔眼"来理解文学,这种借助的过程,也就是拓展自身眼光的过程,因为从严格意义上,一个人只能读到他有能力看见的东西。哈罗德·布鲁姆有一本书叫作《如何读,为什么读》(*How to Read and Why*),特里·伊格尔顿对之颇不满意,针锋相对地写了一本《文学阅读指南》(*How to Read Literature*),抛开具体的美学冲突,how to read,的确是摆在每一个年轻读者面前的首要问题。他觉得,很多时候人们看似在读书,其实不过是被那些书读过一遍罢了,这种情况下,读好书和读坏书是没有差别的,可能后者还更不易增添读书人莫须有的骄横。

他所说的文论书,并非诸如《中国文学批评通史》《西方二十世纪文论史》或《西方文论选》这样的旨在用于教学和应付考试的概论或选编，而是具体的一本本原典。早年百花文艺出版社出过一套《二十世纪欧美文论丛书》，著译俱佳，却经常作为出版社库存积压书出没在复旦周围的打折书店里，他陆陆续续买了不少，大概诸如艾略特、瓦雷里、弗莱、巴赫金等人的文论，都是那时候开始接触的。而雷纳·韦勒克的八卷本《近代文学批评史》，那时候也正在由杨岂深、杨自伍父子一本本地翻译着，刚翻译出版到第五卷，而前几卷也都成了打折书店里被他和同伴觊觎的珍宝。至于他导师推崇的艾布拉姆斯《镜与灯》和勃兰兑斯《十九世纪文学主流》，他也都一本本找来看过。他从这些杰出的文论著作中接触到一种智性与修辞的双重愉悦，一种堪与这些著作所谈论的伟大文学作品相媲美的愉悦。

5

他在学院里听课，读书，写投给核心期刊的学术论文，可是文学乃至文学批评的特殊之处却在于，它们本身未必是严格的学问，虽然时常可以成为一切学问的作用之地，聚散之地。前两年他和一位非常投契的同龄诗人聊天，对方意外地提到巴赫金，并将这位俄国文论家的六卷本文集视为近十年来对其影响最大的著作之一。他听了颇有会心。他觉得文学批评的有趣之处仅仅在于，那是密度更大的文学，就像诸多现代文学作品本身也是更为宽泛的文学批评一样。现代学术机制的确损害了文论的声誉，使之在很多普通读者眼中成为某种或望而生畏或令人憎厌或功利可用之物，然而，对于文学的深思和评判，本是远远早于现代学术机制就已然存在的事情，它存在于一个由亚里士多德奠定的词语当中，那就是"诗学"。

但亚里士多德本身是哲人，而非文学教授，这是一个基本认知。在亚里士多德与埃米尔·施塔格尔之间的鸿沟，并不比横陈在后者与孜孜于论文生产的学院众生之间的鸿沟要小，这是一个严酷的认知。

6

因此，在写完硕士毕业论文卷铺盖离开复旦北区宿舍之后，他有好几年再度陷入一种茫然无所凭依的读书状态。那几年他辗转于出版社、民营图书公司、杂志社之间，做的都是相似的工作——文字编辑。读书，重新成为一种似乎可有可无的业余爱好，和写作一样。作为一种练习，他有时也会给报纸写一些书评、影评或时评，这些写作需要他去读一些书，但毕竟都还是散乱无旨归的。年逾三十，他对自己的未来毫无把握，无论是生活、职业的未来，还是作为一个阅读者或写作者的未来。

他试图振作一下，所以发心重新阅读古典诗，并重新在每周五下午去听张文江老师设在家里的课。那些讲课几乎都是针对一些最为卓越的古典文本的细读，后来张老师以这些讲课录音为基础出版了《古典学术讲要》一书，他逢人就会推荐，而他正是从这本书，或者更准确地说，是从作为这本书前身的那些讲课现场中，理解到何谓有意义的学术，也理解到一种更切身的读书方式。

他从张老师这里懂得，每一种学问都有其自身的谱系，而理解一种学问，其最初和最终，都是理解这种学问的谱系。诸如张之洞《书目答问》和《汉书·艺文志》一类图书的重要性也在于此。但今日之学问又不同于晚清之学问，而先秦和古希腊之学又不同于今日之学。最好的学问都和人有关，理解不同时代的这些最好的学问也就是理解不同时代那些最优秀者的生命状态,而这些生命状态,可以反哺于我们自身。

7

他开始尝试有计划地写作,写那些他所喜爱的古典诗人。或者说,通过写,去重新阅读和理解那些古典诗人。他意识到,最积极有成效的阅读,来自于写作。他后来时常会引用物理学家惠勒的话,"要了解一个新的领域,就去写一本关于那个领域的书"。是的,他对于曹植、阮籍、陶渊明乃至诗经、楚辞的了解,完全来自于他试图要就他们写点什么的欲望,这欲望抑或可以称之为爱欲,在柏拉图的意义上。而写作也只是为了被爱,为了取悦那些影子般不可企及的无生命者。

慢慢地,他再度很难说清楚自己最近在读什么,只能讲一讲最近在写什么。因为写,很多散乱的阅读被重新汇集,很多根本不会被偶遇的书被有意识地搜罗,有时他想,之所以像强迫症一样地读那么些古籍乃至各种历代注疏,也许只是为了知道自己有多少东西是可以不需要写的。

也是在这样的状况下，因为工作关系，他又偶然地重新开始了当代文学批评的写作。也因此，那些被他搁置日久的西方文论，又再度进入他的阅读视域。但他如今更感兴趣的，似乎不再是某个可以拿来即用的学术观点或理论架构，而是那些堪作典范的文论文章中的行文节奏与气息，是文章背后的那另一个写作者。同时，因为工作原因，他也必须要关心和阅读同时代人的作品，而这种阅读同样也是颇为有益的，能够帮助他判定自己的坐标。事实上，每个写作者都生活在一群写作者当中，他需要认清的是，他意欲与何人为伍，又正在与何人为伍，而他需要警惕和拒绝的，又是何人。

8

就这样，他的文章慢慢结集出版，他开始成为某本书的作者，也开始拥有一些陌生的读者。他前阵子搬家，在淘宝店里买的统一规格的小装书箱，装了有八十余箱。他父亲帮他装书，专门用一个本子为他手录了一份图书清单，记下每一箱书的书目，他父亲的字很好看，他想，有这本父亲手写的书目，这些书有一天都散掉了也没什么可惜的。

读书是一个做加法的过程，从一本书漫游至另一本书，每读一本书都是了解自己还有多少本书没有读的过程；而写作却是减法，是赶在时间残酷的淘洗之前的自我淘洗。有时，当他厌倦于应付目前一个接一个的写作计划，厌倦于表达与言说，他会觉得，像儿时那样躺在床上任由自己心意去读一本书是多么幸福的事，仿佛必须经受某种崭新而严厉的淬炼，一个人才有可能穿越虫洞，回到无忧愁的童年。

图书在版编目（CIP）数据

爱欲与哀矜 / 张定浩著. -- 增订本. -- 上海：上海文艺出版社，2022
ISBN 978-7-5321-8018-9
Ⅰ.①爱… Ⅱ.①张… Ⅲ.①世界文学—文学评论—文集 Ⅳ.①I106-53
中国版本图书馆CIP数据核字(2021)第203244号

发 行 人：毕　胜
责任编辑：李伟长　金　辰
封面设计：周伟伟
内文制作：艺　美

书　　名：爱欲与哀矜（增订本）
作　　者：张定浩
出　　版：上海世纪出版集团　上海文艺出版社
地　　址：上海市闵行区号景路159弄A座2楼　201101
发　　行：上海文艺出版社发行中心
　　　　　上海市闵行区号景路159弄A座2楼206室　201101　www.ewen.co
印　　刷：苏州市越洋印刷有限公司
开　　本：787×1092　1/32
印　　张：11.5
插　　页：4
字　　数：174,000
印　　次：2022年7月第1版　2022年7月第1次印刷
I S B N：978-7-5321-8018-9/I.6354
定　　价：68.00元
告 读 者：如发现本书有质量问题请与印刷厂质量科联系　T：0512-68210628